DANIEL STREIT
ZUG IN DIE FREIHEIT

Daniel Streit wurde am 12.03.1990 in
Arnsberg - Neheim geboren.
Er besucht heute die 9. Klasse des
Städt. Franz-Stock-Gymnasiums in Arnsberg.

„Zug in die Freiheit" ist der erste Roman des
heute 14jährigen Jungautors.

streitdaniel@aol.com

Daniel Streit

Zug in die Freiheit

Bibliografische Information Der Deutschen Bibliothek:
Die Deutsche Bibliothek verzeichnet diese Publikation in der
Deutschen Nationalbibliografie; detaillierte bibliografische
Daten sind im Internet über http://dnb.ddb.de abrufbar.

www.danielstreit.de.ms

Printed in Germany 2004

Umschlagfoto: Daniel Streit
Umschlaggestaltung: Daniel Streit

Herstellung und Verlag:
Books on Demand GmbH, Norderstedt

ISBN: 3-8334-1977-6

1

Ich öffnete meine Augen. Das Gezwitscher der Vögel drang durch die nur halb heruntergelassene Rollade. Ich musste gestern Abend vergessen haben, sie vollständig zu schließen. Nur sehr schlecht konnte ich das Umfeld meines Bettes ausmachen. Alles war verschwommen. Ich rappelte mich auf und schaute gähnend in mein kleines, leeres Zimmer. Ein Bett, das ständig knaxte, wenn man sich zum Beispiel nachts umdrehen wollte, und ein alter, heruntergekommener Holztisch mit dem dazugehörigen Holzhocker befanden sich hier. Mehr nicht. Durch die Lücken der Rolladen drang Sonnenlicht hinein und blendete mich ein wenig. Natürlich wusste ich, dass ich jetzt aufstehen musste, um in unserem Hotel hinter der Rezeption zu stehen, aber ich konnte und wollte nicht. Langsam ließ ich mich zurück in mein Bett gleiten und bedeckte mich wieder mit der kuschelig warmen Bettdecke. Es war ein sehr angenehmes Gefühl der Geborgenheit, an nichts zu denken und sich von der Decke in Schutz nehmen zu lassen. Leider hielt dieses Gefühl, wie fast jeden Morgen, nicht lange an, denn auf einmal um kurz nach Neun standen meine Eltern in der Tür und schrieen mich an: „Wo bleibst du denn? Wir haben Gäste! Beeil dich gefälligst und beweg dich rüber!" Rüber ins Hotel, meinten sie. Wir wohnten in einer heruntergekommenen Straße im letzten Stadtviertel, wo die Straßenlaternen nicht mehr funktionierten, weil irgendwelche Deppen nachts nichts anderes zu tun hatten, als die Laternen mit Steinen zu beschmeißen. Auch einige Gullideckel fehlten, und man musste höllisch aufpassen, dass man nicht in einem Wirrwarr aus Gedanken versehentlich in ein Abflussloch fiel.

Auf der anderen Straßenseite, gegenüber von unserem Wohnhaus, befand sich unser Hotel. Wir hatten es damals von den Eltern meiner Mutter, also meinen Großeltern, übernommen. Es war sogar noch heruntergekommener und noch vergammelter als unser Wohnhaus. Jeden morgen musste ich dort helfen. Ausreden waren bei meinen Eltern grundsätzlich wirkungslos. Ich kann mich sogar noch daran erinnern, einmal mit 39° Fieber hinter der Holztheke gestanden zu haben. An dem Tag war ich nämlich wirklich krank gewesen.

Unsere Gäste waren nicht gerade reiche Leute, sondern kamen eher aus dem unteren Mittelstand. Sie reisten morgens früh gegen neun Uhr an und verschwanden dann meistens den ganzen Tag über in den Bergen. Dort konnte man ja schließlich auch viel unternehmen. Zum Beispiel Wandern, Mountainbiking oder im Winter Skifahren oder Snowboarden. Alle meine Freunde waren auch begeisterte Wintersportler. Nur ich durfte nicht. Wir hatten nämlich keinen Cent für Skier oder Snowboard übrig. Nein, wenn wir Gäste hatten und etwas Geld verdienten, wurde dies sofort in neue Investitionen gesteckt, wie zum Beispiel eine neue Kaffeemaschine. Meiner Meinung nach waren solche „Investitionen" vollkommen überflüssig. Obwohl, wenn man bedenkt, dass meine Mutter mindestens sechs Tassen Kaffee am Tag trinkt ... Ich fände es angebracht, wenn von diesem Geld zum Beispiel mal eine Dusche gekauft werden könnte.

Jedenfalls durfte ich in der Winterzeit, wenn hier in den Bergen oft sehr viel Schnee lag, immer nur zuschauen, wie andere Kinder aus dem Dorf ihren Spaß hatten.

Ich stand auf, um mich zu waschen. Im Badezimmer stand ich erst mal eine ganze Weile schlaftrunken vor dem Spiegel und wusste nicht recht, was ich zu tun hatte. Meine Haare standen in alle Richtungen und waren vollkommen zerstrubbelt. Langsam senkte ich meinen Kopf Richtung Waschbecken und drehte den Wasserhahn auf. Eiskaltes Wasser übergoss meinen Kopf und versetzte mir einen heftigen Schock. Meine Haare hingen jetzt herunter und strotzen nur so vor Wasser. Schnell trocknete ich sie mit dem weißen Handtuch, welches mir meine Oma letztes Jahr zu Weihnachten geschenkt hatte. An Zähne putzen war im Moment nicht mehr zu denken. Es war schon nach Neun. Ich zog noch schnell meine schwarze Hose und das weiße Oberhemd an, was ich jeden Morgen trug, und lief so über die Straße in unser Hotel, wo meine Mutter hinter der Rezeptionstheke kniete und irgendwas in den untersten Schubladen suchte. Mein Vater klimperte mit Gläsern hinter der anderen Theke herum, die sich in einem separaten Raum hinter einer Schiebetür befand. „Sag mal, wie lahm bist du eigentlich?", schrie mich meine Mutter an, „und überhaupt. Wie siehst du denn aus?" „Ich habe mich gerade gewaschen", entgegnete ich kleinlaut. „Sag mal, hast du nicht mehr alle Tassen im Schrank? Was das wieder für Wasserkosten werden, diesen Monat!", fauchte mich meine Mutter an. „Aber ich kann doch nicht einfach aufstehen und mich dann ohne zu waschen hier ...". Weiter kam ich gar nicht mehr, denn meine Mutter, die Angela hieß und lange, rabenschwarze Haare hatte, schubste mich hinter die Theke und verschwand in einem Hinterraum, wo sich ein kleines Büro befand. Wahrscheinlich wollte sie dort ihre Suche fortsetzen. Nach was immer sie auch suchte.

2

Jetzt fing mein „Dienst" an. Tag für Tag musste ich an der Rezeption stehen und hunderte von Telefongesprächen annehmen und Fragen von vielleicht angehenden Gästen beantworten. Meistens waren es solche Fragen:
Haben sie eine Minibar? Schwimmbad? Whirlpool? Sauna? Und immer wieder musste ich sagen:
„Nein, tut mir sehr leid, aber damit können wir nicht dienen." Solche Gäste, die nicht anriefen, um sich vorher zu informieren, sondern aus irgendwelchen Gründen sofort buchten, erlebten dann ihr blaues Wunder, als sie unser Hotel betraten. So hatten sie es sich ganz bestimmt nicht vorgestellt. Aber eigentlich ist es ja auch ihre eigene Schuld, wenn man sich vorher nicht erkundigt. Der Ablauf aber war trotzdem immer derselbe. Die Koffer wurden im Foyer abgestellt, und ich musste sie die lange Holztreppe hochschleppen, während meine Mutter den Gästen ihre Zimmer zeigte. So lief das den ganzen Tag. Wenn wir keine Gäste oder nur sehr wenige hatten, musste ich eben andere Arbeiten verrichten, wie zum Beispiel die Gästezimmer putzen, vor dem Hotel die Straße fegen, die Stühle in der Bar abends hoch und den anderen morgen wieder runterstellen und, und, und ...

13 Jahre zählte mein Leben nun schon, und trotzdem hatte ich nur sehr wenig Freunde und keinerlei Kontakte zu anderen Menschen, außer meinen

Eltern und eben manchmal zu unseren Gästen. Und zu allem Überfluss quälte ich mich dann auch noch mit solchen Drecksarbeiten herum. Manchmal glaubte ich, ich kann nicht mehr. So konnte es doch unmöglich weitergehen. Nie würde ich eine angesehene Ausbildung bekommen. Das merkte ich ja schon jetzt. In der Schule ging es schon seit ein paar Monaten nur noch bergab, weil die ganzen Schulsachen vernachlässigt wurden. Immer nur Hotel da, Hotel hier. Viel lieber würde ich mich hinsetzen und Hausaufgaben erledigen oder für Klausuren lernen, als Nachmittage lang im Hotel zu schuften. Und versauern wollte ich hier auch nicht.

Eines Tages beschloss ich etwas zu tun. Ab diesem Tag sollte sich mein Leben komplett ändern. Was ich vorhatte? Abhauen. Einfach mal raus aus dieser Stadt. Mit dem Zug ab in den Norden oder in den Süden. Oder ganz weg ins Ausland? Geld hatte ich ja genug. Denn, was keiner von meinen Eltern wusste: Oma gab mir wöchentlich ein kleines Taschengeld in Höhe von vier Euro. Bis jetzt hatte ich das Geld in einem Plastikbecher aufbewahrt. Insgesamt hatten sich dort schon 116 Euro angespart. Was hätte ich auch sonst damit machen sollen? Ausgeben? Zum einem kam ich überhaupt nicht dazu, und zum zweiten würden mir meine Eltern sofort alles wegnehmen, wenn sie bemerken würden, dass ich mir Sachen kaufe, wie zum Beispiel irgendwelche Zeitschriften.

Jedenfalls mussten 116 Euro reichen, um mit dem Zug abzuhauen. Es wurde Abend, und ich war fest davon überzeugt, das Gedachte auch in die Tat umzusetzen. Wie jeden Abend saß ich auch heute wieder an dem kleinen hölzernen Tisch und schrieb in mein Tagebuch, welches ich auch mal von meiner Oma geschenkt bekommen hatte. Diesmal aber mit einem völlig anderen Inhalt als gewöhnlich, denn ich verabschiedete mich. Außerdem schrieb ich auch noch einen Abschiedsbrief an meine Eltern, indem ich ihnen mitteilte, dass sie es jetzt endlich geschafft hatten, mich loszuwerden. Das würde für sie ja auch viel mehr Geld einsparen und so weiter.

Ein paar Tage vorher hatte ich mich auch schon weggeschlichen, um mich danach zu erkundigen, wann heute der letzte Zug abfährt. Da wollte ich nämlich mit. Das war meine Chance, endlich hier rauszukommen und dem ganzen Elend ein Ende zu setzen. Alles, was mein Eigentum war, packte ich in einen kleinen Rucksack. Ich besaß nicht viel, nur ein paar Kleidungsstücke, meine Pantoffeln, ein Paar andere Schuhe und dicke Wintersachen. Außerdem noch eine Wolldecke und das Geld, das ich gespart hatte. Ein paar Minuten später machte ich mich mit dem Rucksack auf zum Bahnhof. Niemand hatte gemerkt, dass ich mich durch den Keller und den Garten aus dem Staub gemacht hatte. Den Abschiedsbrief hatte ich vorher auf mein gemachtes Bett gelegt. Meine Eltern würden ihn morgen früh um Neun finden, wenn sie mal wieder wie gewohnt reinplatzen würden, um mich zu wecken oder besser: mich anzuschreien, ich solle voran machen. Aber diese Zeiten waren für mich nun endgültig abgehakt. Sollten sie doch alle sehen, was sie davon haben, dachte ich.

3

Als ich am Bahnhof ankam, brauchte ich erst mal ein paar Minuten, das System des Fahrplans zu verstehen, der in einem gläsernen Kasten aushing. Später verriet mir dann ein junger Mann, den ich zuvor gefragt hatte, dass mein Zug um 21:19 Uhr ankommt und um 21:21 Uhr wieder abfährt. Da ich noch genug Zeit hatte, schlenderte ich noch ein wenig durch die graue, kalte Bahnhofshalle. Es sah hier nicht nur kalt aus, es war auch wirklich eisigkalt. Alle Türen standen offen, und obwohl es an diesem Tag eigentlich recht angenehme Temperaturen gewesen waren, hatte es sich zum Abend hin drastisch abgekühlt.

Der Bahnhof unserer Stadt war nur sehr klein. Auf der linken Seite standen die Fahrkartenautomaten, gefolgt von einem Kiosk, an dem man, so hieß es auf den Aushängeschildern, frisch belegte Brötchen, Getränke und Snacks kaufen konnte. Auf der anderen, rechten Seite war ein kleiner Zeitungskiosk, dessen Zeitungen mir direkt mit ihren großen und bunten Überschriften ins Blickfeld fielen. Ich schlenderte zu den Zeitungsständern hinüber. Und obwohl ich noch nie eine richtige Zeitung in meinen Händen gehalten, geschweige denn eine gelesen hatte, interessierte ich mich doch sehr dafür. Die vielen Namen von Politikern und Stars, die man in den Zeitschriften lesen konnte, waren mir alle völlig fremd.

Nach einiger Schmökerei beschloss ich dann, eine Zeitung zu kaufen und mich auf einer der vielen Bänke niederzulassen, die überall in der Halle herumstanden. Nie zuvor hatte ich eine Zeitung entfaltet, deswegen hatte ich auch so einige Probleme damit. Da habe ich mich ziemlich blöd angestellt, glaube ich, aber ich hatte auch keine Ahnung, wie so eine Zeitung gefaltet war und wie man sie richtig auseinander bekam. Als ich es dann endlich geschafft hatte, schaute ich mir auf der ersten Seite die großen Bilder an. Keine der abgebildeten Personen kannte ich. Im Lokalteil jedoch fand ich ein Bild des Rathauses, das mir natürlich schon bekannt war. Diese Personen jedoch kannte ich alle nicht.

Jetzt war ich der einzige, der noch in dieser großen Halle saß. So ziemlich alle anderen waren vor wenigen Minuten mit einem Zug in die entgegengesetzte Fahrtrichtung weggefahren. Ich konnte beobachten, dass die Frauen hinter den Verkaufsständen des „Shops" immer wieder die Köpfe zusammensteckten, flüsterten und oft zu mir herüberschauten. Plötzlich öffnete sich eine große und dicke Eisentür direkt neben mir, was mich etwas aufschrecken ließ. Auf der Tür stand mit großen schwarzen Buchstaben „Aufsichtsbeamter" geschrieben, der dann auch in Form eines großen Mannes mit blonden Haaren, einem Bart und einem kugelrunden Bauch aus dem Türrahmen hervortrat. Er trug eine Uniform und eine rote Mütze

auf dem Kopf:
„Na mein Kleiner. Was machst du denn noch hier? Hast dich wohl verlaufen, wie? Na, sag mir mal, wo du wohnst!"

Das überraschte mich ziemlich! Anscheinend war der Schaffner nur wegen mir aus seinem Kabuff gekommen. „Nein, es ist schon alles in Ordnung, und ich habe mich auch nicht verlaufen. Ich warte hier noch auf einen Zug", entgegnete ich schnell, da ich weitere Fragen vermeiden wollte.
„Aha", meinte der Schaffner „aber ist das nicht nbissl' spät für so'n kleinen Zwerg wie dich?" Also das mit dem kleinen Zwerg hielt ich für sehr übertrieben. So klein war ich ja auch wieder nicht, und schließlich war ich ja schon 13 Jahre alt.
„Es war die letzte Möglichkeit, früher konnte ich noch nicht", log ich.
„Na, wenn das so ist!", verabschiedete sich der Mann und verschwand wieder hinter der schweren Tür, die mit einem lauten Knall zuschlug. Das schallte durch die ganze Halle ...

Puh! Noch mal Glück gehabt! Ich kauerte mich auf der Bank zusammen und verstaute die Zeitung im Rucksack, in den jetzt trotz der wenigen Sachen nicht mehr viel reinpasste. Auf einmal wurde ich ganz schön müde, schließlich war es ja auch schon sehr spät. Langsam aber sicher wurden meine Arme und Beine immer schwerer, mein Kopf sackte auf meine Schultern und meine Augen fielen zu.

4

Etwas später konnte ich von Glück reden, dass mich der Schaffner mittels Lautsprecher wieder aus dem Schlaf riss. Ansonsten hätte ich den Zug nämlich glatt verpasst. „Meine Damen und Herren, auf Gleis 2, der 197-Express. Bitte Vorsicht an den Gleisen", schallte es wieder durch den ganzen Bahnhof. Diese Art von Spruch sagte der Schaffner bei jedem ankommenden und abfahrenden Zug auf. Das musste auch ein öder Job sein, den ganzen Tag bis spät abends in so einem kleinen Kabuff zu hocken und die Züge anzusagen. Naja, vielleicht sollte auch er mal darüber nachdenken, alles liegen zu lassen. Er musste schließlich mehr Geld haben als ich, weil er mit seiner Arbeit ja auch ein gewisses Einkommen verdiente, im Gegensatz zu mir.

Nach der Durchsage, ich war gerade aufgestanden und wollte durch die goßen Holztüren zu den Gleisen, schwang die Eisentür wieder quietschend auf, und der „Aufsichtsbeamte" kam wieder heraus. Gemeinsam gingen wir raus zu den Gleisen und warteten auf den Zug, der da kommen sollte. Der Schaffner ging zu einem der Pfeiler, der das Vordach über den Gleisen stützte. Dort war ein kleiner Kasten montiert, dessen Deckel man hochklappen konnte und in dem sich ebenfalls ein Mikrofon für die Lautsprecheranlage befand. Der eiskalte Wind drang durch meine dünne Kleidung, als ich über den schmalen Steg nach Gleis 2 überstieg. Es war wirklich richtig kalt, obwohl ich meine Jeansjacke bis oben hin zugeknöpft hatte. Beinahe wären mir Tränen vor Kälte aus den Augen gekullert.

Es war eine schreckliche Vorstellung, seine Heimat so endgültig zu verlassen und nie wieder zurückzukehren, aber in meiner Situation war ich innerlich auch etwas froh darüber, dass ich von hier wegkam. Völlig in Gedanken vertieft, hörte ich ein lautes Geräusch aus der Ferne immer näher und näher kommen. Das mussten die Bremsen des Zuges sein, auf den ich schon so lange gewartet hatte. Mit ohrenbetäubendem Lärm und quietschenden Bremsen hielt er dann auch nur wenige Sekunden später auf Gleis 2. Das war er also: Mein Zug in die Freiheit.

Eine Tür direkt vor mir öffnete sich, und ein paar Menschen stiegen aus. Diese Menschen waren alle sehr unterschiedlich. Einige braunhäutige waren auch dabei. Sie unterhielten sich hektisch und in einer seltsam anderen Sprache. Ich konnte gar nichts verstehen, was mich etwas beunruhigte. Einige schauten mich mit großen Augen an, und wieder einmal schallte die Stimme des Schaffners durch die Lautsprecher: „Meine Damen und Herren, herzlich willkommen!"

Anfangs hatte ich leichte Probleme, überhaupt in den Zug einzusteigen. Die Treppen in der Tür fin-

gen schon für meine Begriffe sehr hoch an. Endlich schaffte ich es dann doch noch mit Hilfe der an der Tür befestigten Haltestange. Als ich in den Vorraum des ersten Waggons kam, kratzte unangenehmer Zigarettengestank in meiner Nase, und überhaupt roch es hier sehr komisch. Alles war mir fremd. Hinter mir drängten sich andere Leute in den Zug hinein und schubsten mich immer weiter durch den Gang. Später erreichte ich dann die rettende Tür, die zum zweiten Waggon führte, in dem schon alles viel ruhiger ablief. Soweit ich es überblicken konnte, waren alle Plätze besetzt. Kein einziger Sitzplatz war mehr frei. Doch! Da! Dort hinten war noch ein Platz neben einer ganz schwarzen Frau, die ziemlich dick war und ihren Kopf gegen die Fensterscheibe gelehnt hatte. Nachdenklich schaute sie nach draußen auf die hellbeleuchteten Gleise. Ich trat neben sie:
„Entschuldigung, ist der Sitz hier noch frei?“ Die Frau drehte langsam und, wie mir schien, genervt ihren Kopf zu mir und fing an, mich von oben bis unten zu mustern. Dann sagte sie aber freundlich:
„Ja klar. Ist noch frei. Setz dich doch.“ Ich bedankte mich, nahm Platz, schob den Rucksack unter den Sitz und starrte den Mann an, der mir gegenübersaß und schlief. Plötzlich stieß mich die dicke Frau neben mir mit einem Ruck an:
„Sag mal, was hat denn so'n kleiner Junge wie du noch abends im Spätzug zu suchen?“ Ich war genauso überrascht wie schon vorher, dass sich irgendjemand nach meinem Befinden erkundigte

oder mich überhaupt freundlich behandelte. Auch wenn sie nur wissen wollte, was ich hier verloren hatte. „Ich besuche meine Tante", musste ich auch sie anlügen.

„Ach so", meinte sie, „du besuchst deine Tante. Wieso fährst du denn dann erst mit dem Spätzug, du hättest doch auch schon heute Nachmittag fahren können, oder?"

„Nein, vorher hatte ich keine Zeit", entgegnete ich auch wieder schnell. Wieso ich die Geschichte mit meiner Tante erzählte und wieso ich vorher keine Zeit gehabt haben könnte, wusste ich nicht. Irgendwie ergab das für mich überhaupt keinen Sinn. Die Frau jedenfalls schien mit meiner Lüge zufrieden zu sein und drehte sich wieder in Richtung Fenster um.

5

Der Zug war schon längst losgefahren, was ich überhaupt nicht richtig registriert hatte. Wieder wurde ich müde und merkte, dass ich langsam einnickte. Erst die Fahrkartenkontrolle riss mich dann ungefähr eine halbe Stunde später wieder unsanft aus dem Schlaf: „Hallo!? Junger Mann!? Wo hast du denn deine Fahrkarte? Wenn ich die mal sehen dürfte?"

„Ähm. Ja. Moment", stotterte ich noch halb im Schlaf. In meiner Tasche befand sich eine Unmenge an Papierschnipseln und Bonbonpapier, aber leider keine Fahrk...

Doch da war sie. In der letzten Ecke fand ich endlich noch den zerknitterten Fahrschein und reichte ihm dem Kontrolleur. Dieser war sehr schlank, hatte kurze schwarze Haare, eine ovale Gesichtsform und war noch größer als der Aufsichtsbeamte am Bahnhof, der sich schon ducken musste, wenn er durch seine Eisentür wollte. „Ah, danke", sagte er und begutachtete die Karte einen Moment. Dann meinte er: „Da hast du wohl vergessen die zu entwerten."

Was zum Teufel war denn entwerten? Der Kontrolleur jedenfalls holte eine Art Tacker hervor und knipste das heutige Datum und die aktuelle Uhrzeit auf den Schein.

„So, das hätten wir. Das nächste Mal machst du

das aber selber. Gute Reise", murmelte er und verschwand im hinteren Teil des Waggons. Auch die Frau neben mir und alle anderen im Vierersitz mussten ihre Karten vorzeigen. Der Mann gegenüber regte sich total darüber auf und meinte, dass er seine Karte schon oft genug vorgezeigt hätte und noch nicht mal in Ruhe schlafen könne.

Als diese ganze Aufregung vorbei war, sank ich wieder langsam in den recht bequemen Sitz und nickte ein. Eigentlich wollte ich überhaupt nicht schlafen, aber ich konnte es leider nicht verhindern. In so einem bequemen Sitz saß ich nun mal nicht alle Tage. Ich wollte mich auch nicht mehr bewegen, und ich fühlte mich trotz der etwas beengten Atmosphäre und dem ganzen Lärm fast so geborgen wie zu Hause in meinem Bett.

„Hey Kleiner! Willst du jetzt nicht mal so langsam aussteigen? Ende Gelände!", wurde ich von dem Zugführer anscheinend mitten in der Nacht geweckt, als er wohl seinen letzten Rundgang durch den Zug machte um nachzuschauen, ob auch alles in Ordnung war. Jetzt war ich am Ziel, hatte alles verschlafen und musste jetzt aussteigen. Nach einer kurzen Verabschiedung vom Zugführer trat ich dann aus der Zugtür nach draußen.

Leere. Einfach nur Leere auf diesem Bahnhof. Gerade war ich aus dem einzigen Zug gestiegen, den man weit und breit sehen konnte, und dabei warwar es ein recht großer Bahnhof. Um einiges war es ein recht großer Bahnhof. Um einiges größer als der Bahnhof zu Hause. Auf dem Gleis, auf dem ich mich gerade befand, war einfach nichts - außer ein paar Schokoriegel- und Getränkeautomaten. Außerdem noch große Anzeigetafeln mit Beleuchtung, auf denen alle ankommenden und abfahrenden Züge angezeigt wurden.

Ich ging die Treppe hinunter in einen langen Gang, von dem aus man alle Gleise erreichen konnte. Hier eilten ein paar Menschen mit Reisegepäck umher, und schnell wurde mir klar, wo ich war. Ich musste in einer riesigen Großstadt gelandet sein. Da drüben, auf Gleis 12, fuhr gerade ein ICE ein, aus dem komischer Weise Massen von Menschen ausstiegen und den Gang füllten. So was geschah in keiner normalen Stadt. Und nun? Mit meinem Plan war ich erst mal am Ende. Meine Überlegungen reichten nämlich nur bis hierher. Erst mal abhauen und raus aus dem Kaff. Das hatte ich nun geschafft. Aber wie sollte es jetzt weiter gehen?

Wie auch in meinem heimischen Bahnhof schlenderte ich erst mal durch eine der vielen Hallen. Denn hier gab es gleich mehrere davon. Ich entdeckte einen kleinen Betonklotz inmitten dieser Halle mit der Aufschrift „Kiosk", dessen Fenster mit Gittern gesichert waren, damit sie nicht von Pennern eingeschlagen werden. Das kannte ich von zu Hause auch, denn ich hatte so was sogar schon mal selbst miterlebt: Damals war ich mit Papa in unserem Bahnhof gewesen, um meine anderen Großeltern abzuholen. Das war Mitte Dezember. Oma und Opa wollten Weihnachten mit uns verbringen. Sie kamen ja immer so selten zu uns, weil sie weit weg wohnten. Plötzlich kam dann eine Gruppe von Obdachlosen in die Halle und steuerte zielstrebig den Kiosk an, um wahrscheinlich Bier oder so was zu kaufen. Als sie aber merkten, dass der Kiosk schon geschlossen hatte, wurden sie sehr wütend und fingen an, die Scheiben einzutreten. Damals waren sie noch nicht gesichert.

Der Kiosk an diesem Bahnhof hatte leider auch schon geschlossen, dabei hätte ich jetzt das ein oder andere Brötchen sehr gut vertragen können. Verpflegung hatte ich nämlich auch total vergessen, obwohl das natürlich das Wichtigste überhaupt ist. Einfach vergessen. So drehte ich mich enttäuscht um und nahm Kurs auf die nächst beste Bank, auf der ich den Rest der Nacht verbringen wollte. Aber so weit kam es gar nicht erst, denn auf einmal schallte ein dumpfes Klopfen durch die Bahnhofshalle. Eine Frau hinter den Gittern vom Kiosk hatte von innen an die Scheibe geklopft und grinste mich freundlich an: „Hallo? Möchtest du noch etwas kaufen?" Ihre Stimme klang sehr dumpf und rauchig. Ich nickte kurz und ging zu einer Art Schalter, den die Frau gerade geöffnet hatte.
„Was kann ich dir denn anbieten? Kaugummi? Chips? Getränke? Fruchtgummi?", fragte sie und

deutete bei den verschiedenen Waren, die sie nannte immer auf die Regale in denen diese sich befanden. Aber schon bevor ich die anderen Waren überhaupt wahrnahm, hatten sich meine Blicke schon auf die Brötchendose fixiert, in der ich auch schon ein Salami-Brötchen ausmachen konnte.

„Äh, ne!", antwortete ich „könnten sie mir das Salami-Brötchen da vorne geben?" Mein Magen begann schon richtig zu knurren. Das war ein mulmiges Gefühl im Bauch, was sich langsam bis in den Gaumen ausbreitete.

„Ach so, ja das ist natürlich auch kein Problem. Ich habe nur gefragt, weil die jungen Leute in deinem Alter meistens nur Kaugummi, Chips und Fruchtgummi haben wollen. Soll ich's dir einpacken?", fragte die Verkäuferin.

„Nein Danke", antwortete ich.

„So, hier", sagte sie und reichte mir das Brötchen durch das offene Fenster „Was machst du eigentlich noch so spät hier?" Schon wieder so eine Frage, über die ich mich natürlich freute, auf die ich aber trotzdem immer wieder eine falsche Antwort geben musste:

„Ich muss zu meiner Tante! Sie wohnt hier, aber anscheinend muss sie vergessen haben, mich abzuholen." Irgendetwas musste ich ja sagen, denn die Wahrheit konnte ich ja wohl nicht verraten. Alle, ob der Schaffner, die Frau im Zug oder auch die Verkäuferin hätten ganz bestimmt die Polizei gerufen, und die hätte mich dann auf jeden Fall zu meinen Eltern zurückgebracht.

„Das ist aber sehr komisch. Deine Tante wollte dich auch wirklich hier abholen, ja?", hakte die Frau irgendwie ungläubig nach.

„Ja natürlich", antwortete ich, „nie würde ich mich in so einer großen Stadt alleine zurechtfinden. Ich glaube, ich warte noch eine halbe Stunde dort drüben, und wenn sie bis dann nicht gekommen ist, muss ich mir was einfallen lassen." Ich kramte die 1,20 Euro aus meiner Tasche hervor, um das Brötchen zu bezahlen. „OK, vielen Dank. Dann mach's mal gut. Hoffentlich kommt deine Tante gleich und holt dich", meinte die Verkäuferin und verschwand dann auch in den Hinterräumen des Kiosks. Ich nahm an, dass sie dann Feierabend machte.

6

Jetzt war ich wieder alleine. Stille. Kein Ton. Nur in der Ferne konnte man ein leises Quietschen von Zugbremsen hören. Die Bahnhofshalle war ganz leer. Langsam schlenderte ich rüber zu der Bank, die ich eben schon angesteuert hatte. Hier ließ ich mich nieder und machte mich erst mal über das Brötchen her. Nachdem ich dieses verzehrt hatte, verschwand das mulmige Gefühl im Bauch aber immer noch nicht. Was wohl gerade meine Eltern machten, fragte ich mich. Wahrscheinlich würden sie gleich aufstehen und sofort ins Hotel gehen. Bestimmt hatten sie noch nicht einmal bemerkt, dass ich weg war.

Zum wiederholten Male war es ein Lautsprecher rechts über der Bank, der mich am Morgen mit folgender Durchsage aus dem Schlaf riss: „Meine Damen und Herren, der C798 auf Gleis 23!" Mir war schlecht. Die ganze lange Nacht noch hatte ich auf dieser verdammt harten Bank gelegen. Mein Rücken schmerzte unheimlich, und überhaupt alles tat mir weh. Eigentlich wollte ich zum Kiosk hinübergehen, um zu schauen, ob er wieder geöffnet hatte, aber das brauchte ich nicht mehr, weil die Verkäuferin schon direkt vor mir stand und mich mit ihren großen Augen entsetzt anstarrte: „Oh Junge, du warst doch jetzt wohl nicht die ganze Nacht hier im Bahnhof?! Meine Güte, du siehst ja furchtbar aus! Komm her. Steh mal auf. Hat dich deine Tante einfach hier sitzen lassen?" Es dauerte ein paar Sekunden, bis ich auf diese vielen Fragen antworten konnte. Ich hatte jetzt keine Lust, irgendjemandem blöde Fragen zu beantworten. Auf der anderen Seiten kam mir das mal wieder alles sehr komisch vor, da sich mal wieder jemand um mich kümmerte. Zu Hause wurde ich ja nur von allen Seiten niedergemacht.

„Nein, meine Tante ist nicht gekommen, und da habe ich hier geschlafen. Mir blieb ja nichts anderes übrig", antwortete ich dann doch auf die Frage. Ich bereute es schon wieder, als die Frau auf einmal laut aufschrie und mich erst mal so völlig wach machte.

„Bitte nicht so laut", sagte ich. Aber das interessierte die Frau ganz und gar nicht.

„Das kann doch nicht wahr sein! Bist du denn von allen guten Geistern verlassen? Weißt du nicht, wie gefährlich es hier ist?", regte sie sich auf. „Ist ja gut", versuchte ich sie zu beruhigen „es ist ja nichts passiert. Haben Sie denn noch etwas zu essen für mich?"

„Aber natürlich, da ist eben was Frisches vom Bäcker geliefert worden", sagte sie und ging zu dem Kiosk hinüber. Aber sie holte keine Brötchen! Als ich nämlich, kurz abgelenkt, wieder zu ihr hinüberschaute, hatte sie einen Telefonhörer in der Hand und wählte gerade irgendeine Nummer. Welche, konnte ich von hier nicht erkennen. „Hey?! Was machen Sie denn da?", geriet ich völlig außer Kontrolle.

„Na, ich rufe die Polizei, damit die deine Tante herbringen können", war ihre Antwort. Oh Mist! Polizei! Nein, bloß nicht. Die Polizei würde doch sofort rausfinden, dass ich von zu Hause weggelaufen war und dass es keine Tante von mir gibt, die in dieser Stadt wohnt. Ich musste hier weg, und zwar schnell.

Also überlegte ich nicht lang, nahm meinen Rucksack unter den Arm und rannte so schnell ich konnte Richtung Ausgang.
„Bleib hier! Wo willst du hin?", hörte ich die Verkäuferin hinter mir her rufen, aber das war mir jetzt vollkommen egal. Das einzige Problem, was ich nun hatte war, dass ich riesigen Hunger hatte und mir ein paar Brötchen vom Kiosk bestimmt dabei geholfen hätten, ihn zu stillen. Naja, bestimmt würde es hier irgendwo etwas zu Essen geben, schließlich war ich in einer Großstadt. Ich lief eine lange, breite Straße hinunter, bis ein Supermarkt mein Blickfeld streifte, in dem es natürlich etwas Essbares für mich geben musste. Die Zugfahrt hatte schon viel Geld gekostet, und deshalb musste ich aufpassen, dass ich nicht alles auf einmal ausgab, aber für ein paar Brötchen oder Sonstiges im Supermarkt würde es bestimmt noch reichen. Nun stand ich vor dem langen Regal mit den Plastikboxen voll mit frisch duftenden Backwaren. Aus diesen Boxen musste man sich mit einer Zange die Brötchen selbst in Tüten füllen und natürlich später auch bezahlen.

Während ich dabei war, die Leckerbissen zu ver-
packen, konnte ich durch die Plastikboxen in den
nächsten Gang schauen und beobachten, wie sich
ein dunkelhäutiger Junge, der ungefähr so alt war
wie ich, zwei Packungen Zigaretten in die Jackentasche steckte. Er klaute! Ich konnte es kaum fassen, aber jetzt wurde mir erst richtig bewusst, was
Großstadt hieß. Kaum hatte ich diesen Satz zu
Ende gedacht, hatte ich schon wieder bereut, dass
ich ihn überhaupt gedacht hatte, denn genau während ich mir diese Gedanken machte, hatte sich
der Dieb umgedreht und schaute mir direkt wütend
in die Augen. Ein sehr unangenehmes Gefühl war
das, und es wurde noch unangenehmer, als ich
merkte, dass der dunkelhäutige Junge jetzt zu mir
herüberkam.

Das Herz rutschte mir in die Hose. Was würde er
denn jetzt von mir wollen? Wollte er mich zusam-
menschlagen?

7

„Hallo, na, wie geht's dir?", sprach er mich mit einer völlig unerwarteten Freundlichkeit an, „ich heiße Gabrel, und du?" Was sollte das denn jetzt? Hatte er etwa gar nicht bemerkt, dass ich ihn beim Klauen beobachtet hatte?

„Ja, hallo. Ich heiße Alex", antwortete ich und regte mich gleichzeitig über meine Stimme auf, die in diesem Moment total ängstlich und nervös klang.

„Ah, und was machst du hier?", fragte Gabrel weiter. „Ich bin von zu Hause abgehauen, und mit dem Zug hierher gekommen", platzte es aus mir heraus. Zum ersten Mal hatte ich nun jemandem die Wahrheit verraten. Ich hatte so ein Gefühl, dass ich Gabrel vertrauen konnte. Er würde bestimmt nicht sofort zur Polizei gehen, dachte ich.

„Ist ja'n Ding", meinte Gabrel zu mir, nachdem er die ganze Geschichte gehört hatte. Wir hatten es uns inzwischen vor dem Supermarkt auf einer Bank gemütlich gemacht. Es war sehr schönes Wetter, und die Sonne knallte in unsere Gesichter. Keine einzige Wolke war am Himmel zu sehen.

„Ja, und jetzt bin ich hier", fuhr ich fort, um wieder ins Gespräch zurückzufinden.

„Und wo willst du jetzt hin? Du hast hier ja niemanden", fragte Gabrel.

„Wo lebst du denn?", wollte ich nun von ihm wissen.

„Ja, du wirst lachen, ich bin vor ein paar Wochen auch von zu Hause abgehauen. Ich hatte damals auch keine Lust mehr auf den ganzen Kram da. Aber eigentlich möchte ich nicht darüber sprechen", schilderte er mir seine Situation.

„Kann ich verstehen", meinte ich.

„Also es war ungefähr auch so wie bei dir", fügte er noch hinzu. Gabrel war braunhäutig, ungefähr so groß wie ich und hatte kurze schwarze Stoppelhaare. Eigentlich sah er vom Gesamtbild her ganz gut aus.

„Wolltest du eben klauen?", wollte ich endlich wissen, weil dies ja der eigentliche Grund für unsere Bekanntschaft war.

„Klar. Wie soll ich denn sonst über die Runden kommen, ganz ohne Geld? Ich wohne hier sofort um die Ecke und habe genauso wenig wie du. Nämlich kein Zuhause mehr und niemanden, der sich um mich kümmert. Man muss sich eben selbst versorgen", erklärte Gabrel.

„Das versteh ich ja auch alles, aber was willst du denn mit Zigaretten?", hakte ich nach.

„Ich rauche die Zigaretten ja nicht selber, sondern verkaufe sie weiter. Das bringt mir dann Geld. Es ist nämlich ziemlich schwer, Lebensmittel in der Jackentasche verschwinden zu lassen, weil die meist groß verpackt sind. Zum Beispiel kann ich ein Graubrot nicht mal eben in der Tasche verschwinden lassen. Zigaretten sind da etwas kleiner", meinte er.

„Ach so. Hättest du was dagegen, wenn ich mit dir komme? Natürlich helfe ich dann auch mit, Geld zu verdienen", fragte ich ihn sehr vorsichtig.

„Ich weiss nicht so recht. Du bist ja eigentlich ein ganz netter Kerl, und im Moment wüsste ich auch nicht, wieso ich dich nicht mitnehmen sollte. OK, komm mit, lass uns zu meinem Haus gehen!", antwortete er sehr fröhlich. Ich strahlte vor Glück. Vorher hätte ich auch nicht geglaubt, dass mein Leben so eine positive Wendung nehmen würde. Was meinte Gabrel wohl mit „sein Haus"? Ich konnte mir nicht vorstellen, dass er in einem richtigen Haus wohnte. Eher dachte ich an eine heruntergekommene Holzbaracke oder ähnliches. Meine Gedanken bestätigten sich, als wir nach einiger Zeit vor Gabrels „Haus" standen. Ungefähr eine halbe Stunde lang waren wir quer durch die Stadt gegangen. Von wegen, ich wohne hier gleich um die Ecke.

Mit der Vermutung, dass es eine Holzbaracke sein könnte, lag ich schon gar nicht so falsch. Es war nämlich eine richtig große Holzhütte. Wir standen vor der großen Eingangstür, die auf Augenhöhe ein kleines Guckloch hatte, durch das man von innen alles beobachten konnte, was draußen geschah. Neben der Tür war ein Fenster, das nicht aus Glas, sondern aus Plastik war.
„So, da sind wir", sagte Gabrel.
„Das sieht ja toll aus. Hier wohnst du also? Hast du die Hütte ganz alleine gebaut?", wunderte ich mich.
„Nein, natürlich nicht. Ich hab' sie gefunden. Damals habe ich auch nach einer Bleibe gesucht und

bin tagelang in der Stadt herumgeirrt, um etwas zu finden, wo man halbwegs gut schlafen und leben kann. Eines Tages bin ich dann hier in diesem Hinterhof gelandet und habe die Hütte entdeckt. Erst dachte ich, sie gehörte irgendwem, weil da noch alles voll war mit Gartengeräten und so, aber nachdem ich sie ein paar Tage beobachtet hatte, wusste ich, dass sie keinen Besitzer mehr hatte", erklärte Gabrel stolz, „später traf ich durch Zufall eine alte Frau, die in dieser Gegend wohnt. Sie erzählte mir, dass die Hütte früher einmal einem alten Mann gehört habe. Der Mann hätte sich aber schon lange nicht mehr hier blicken lassen, und niemand wüsste, wo er sich aufhalten könnte. So war die Hütte für mich frei, und ich habe mich gleich mal drinnen eingerichtet. Da standen nur noch einige Gartengeräte herum, die der Besitzer wohl vergessen hat. Die habe ich dann aber nach draußen verfrachtet. Seitdem schlafe und wohne ich hier!"

8

Gabrel hatte vor ein paar Minuten mit Klauen versucht, an Geld zu kommen. Dabei hatte er wertvolle Geräte hinter der Hütte gelagert, die ihm viel mehr bringen als seine Zigaretten. Darauf war er selbst noch nicht gekommen.

„Wenn die Geräte niemanden mehr gehören, wieso verkaufst du sie dann nicht einfach?", schlug ich vor. Gabrel fand auch, dass das eine gute Idee war.

„Aber wo soll ich das Zeug denn los werden? Damit kann ich mich nämlich nicht einfach in die Fußgängerzone stellen!", sagte er.

„Naja, da hast du natürlich Recht, aber da wird uns bestimmt auch noch was einfallen", meinte ich.

Wir betraten die Gartenlaube. Sie war tatsächlich sehr schön eingerichtet. An der Wand hingen eingerahmte Luftaufnahmen. Wahrscheinlich von dieser Stadt. Sonst stand da noch ein Tisch mit drei Stühlen am Fenster, und hinten links waren zwei Matratzen mit zwei Decken ausgelegt.

„Ist das jetzt Zufall, dass du dort genau zwei Matratzen liegen hast?", fragte ich erstaunt.

„Nö, da lagen immer schon zwei rum!", antwortete Gabrel lässig, „die zweite habe ich noch nie benutzt. Wieso auch? Du kannst sie gerne haben."

Dass es so einfach ist, in einer Großstadt unterzukommen und zu leben, hatte ich nicht gedacht. Natürlich hatte ich großes Glück gehabt, dass ich Gabrel getroffen hatte. Ansonsten hätte ich wohl unter einer Brücke oder noch mal im Bahnhof, auf diesen harten Bänken, schlafen müssen. Später legten wir uns dann auch hin, da der Tag schnell rumgegangen war und es draußen schon dämmerte. Hier war es nicht so friedlich und ruhig, und man konnte auch kein Vögelgezwitscher hören. Das einzige, was man hier hören konnte, waren Menschenstimmen, Autolärm und Wassergeplätscher. Zum ersten Mal dachte ich nun darüber nach, was ich eigentlich getan hatte. Gemischte Gefühle kamen auf. Ich hatte nun endlich meine Freiheit und konnte tun und lassen, was ich wollte. Was meine Eltern wohl heute morgen gemacht hatten, als sie den Brief auf meinem Bett fanden? Die Polizei verständigt? Glaube ich eher nicht.

Am nächsten Morgen wurde ich von einem spitzen Schrei geweckt. Es war Gabrel, der da schrie. Das konnte man ganz klar erkennen. Gabrel lag auch nicht mehr neben mir auf seiner Matratze. Schlaftrunken rappelte ich mich auf und schaute erst mal durch das Guckloch, bevor ich rausrannte. Nachdem ich die Hütte einmal umrundet hatte, musste ich mit großem Entsetzen feststellen, dass Gabrel in den Fluss gestürzt war, der mich gestern Abend mit dem Geplätscher am Einschlafen gehindert hatte. Der Fluss machte hinter einem kleinen Waldstück, nicht weit weg von der Hütte, einen großen Bogen.

„HILFE!", schrie er immer wieder. Was sollte ich tun? Unüberlegt rannte ich Gabrel, der paddelnderweise versuchte, sich über Wasser zu halten, auf dem Gehweg neben dem Fluss hinterher.

„Hol' mich hier raus! Ich kann nicht schwimmen!", brüllte Gabrel. Wunderbar!

„Ich auch nicht!", schrie ich zurück, und man konnte an seinem Gesichtsausdruck sehen, dass ihm das natürlich ganz und gar nicht gefiel. Niemand war in Sicht, der ihm hätte helfen können. Gestern Nachmittag hatte ich noch viele Wanderer und Radfahrer auf diesem Weg gesehen, aber am frühen Morgen waren die Großstadtmenschen wohl nicht so sportbegeistert. Gabrel schrie um sein Leben und tauchte mit seinem Kopf immer wieder ungewollt unter Wasser. Während ich auf dem Radweg keuchend hinter ihm herlief und nicht wusste, wie ich ihm helfen konnte, sah ich in der Ferne eine große Staumauer, die das Wasser des Flusses etwas aufhielt. Das war ja gar nicht so schlecht, aber das Schlimme daran war, dass das Wasser hinter der Mauer steil bergab floss. Eine Art Wasserfall! Und wenn wir Pech hatten, stürzte Gabrel da gleich mit runter in die Tiefe. Doch es war Rettung in Sicht! Wie aus dem Nichts tauchte plötzlich ein Jogger auf dem Weg auf, der wohl seine täglichen Kilometer lief. „HILFE!!!! Mein Freund ist in den Fluss gefallen", schrie ich so laut ich konnte. Der Jogger stoppte, zog seine Jacke und sein T-Shirt aus und sprang, ohne eine Sekunde zu zögern, ebenfalls in den reißenden

Fluss. Schnell hatte er Gabrel im Griff und zerrte ihn mit letzten Kräften an das rettende Flußufer.

„Ein Glück, dass der Jogger vorbeikam, sonst wärst du bestimmt abgesoffen", sagte ich später zu Gabrel, als wir in unserer Hütte saßen und das Geschehene Revue passieren ließen.

„Da hast du Recht. Ich hatte wirklich Todesangst. Schwimmen konnte ich auch noch nie so richtig. Vor langer Zeit hatten wir mal Schwimmen in der Grundschule, aber da konnte ich auch nie mitmachen, weil ich vorher in keinem Schwimmkurs war und es so nicht lernen konnte. Alle anderen Kinder in der Klasse waren schon vorher in solchen Kursen gewesen. Sobald es irgendwie möglich ist, würde ich auch gerne mal einen Schwimmkurs machen. Das hätte eben auch ganz schön ins Auge gehen können", erzählte er.

„Allerdings. Ich habe auch nie schwimmen gelernt, obwohl das natürlich ziemlich wichtig ist. Das hat man ja eben gesehen", meinte ich. Plötzlich stand Gabrel auf und zog sich andere Klamotten an, die er aus einem kleinen Schrank holte.

„Wo willst du denn jetzt schon wieder hin?", wollte ich wissen.

„Siehst du hier irgendetwas zu essen für heute Mittag?", fragte er mich genervt. Mittag? Die Zeit war schon wieder verdammt schnell vergangen. Ich hatte das Gefühl, erst vor wenigen Minuten aufgestanden zu sein.

„Ich geh' zum Supermarkt - Zigaretten klauen, damit wir Brot und Aufschnitt kaufen können. Kommst du mit mir?", fragte er mich, als er schon in Richtung Tür unterwegs war.

„Natürlich komme ich mit, aber du musst mir dann beibringen, wie das mit dem Klauen geht, damit wir noch mehr Geld verdienen können, einverstanden?", sagte ich.

Gabrel nickte, und dann machten wir uns auf den Weg zu dem Supermarkt, in dem wir uns gestern kennen gelernt hatten.

Vor dem Zigarettenregal steckte sich Gabrel gleich fünf Packungen der teuersten Sorte in die Tasche. Ich nahm erst mal zwei Stück, hatte aber übersehen, dass ein junger Mann mit langen schwarzen Haaren direkt neben mir stand. Oh Mist, dachte ich. Wenn der Mann jetzt an der Kasse Bescheid sagen würde, dann war ich erledigt. Noch dazu kam, dass mich der Mann ganz komisch anschaute, und dann auch wirklich in Richtung Kasse fortschritt. Raus hier!

„Hey, ich hau' ab. Der hat mich gesehen", flüsterte ich zu Gabrel.

Schnellen Schrittes ging ich geradewegs auf den Ausgang zu und überholte den Typen, der mich gesehen hatte noch, bevor er selbst an der Kasse war. Schnell marschierte ich an den anderen Kunden vorbei, die in der Warteschlange standen, und war dann auch schon fast draußen, als mir ein großer Mann mit fettigen Haaren den Weg versperrte:

„Stehen geblieben, Freundchen!", sagte er lässig und hielt mir einen Ausweis vor die Nase, dessen Überschrift mir gar nicht gefiel: Ladendetektiv Müller. Oh Mist! Jetzt hatten sie mich erwischt!

„Begleitest du mich bitte in mein Büro?!", forderte er, packte mich am Arm und schleifte mich förmlich durch den ganzen Supermarkt in ein kleines Zimmer mit einem alten Holzschreibtisch und einer Sitzecke.

„Was wollen Sie denn von mir?", fragte ich erst mal und machte einen auf unschuldig.

„Das fragst du noch, Bursche? Ich habe doch ganz genau gesehen, wie du dir mehrere Packungen Zigaretten eingesteckt hast!", meinte er vorwurfsvoll.

Zum Glück wurde unser Gespräch dann von einer Stimme unterbrochen, die aus einem Lautsprecher über der Tür des Büros kam: „Herr Müller, kommen sie bitte zur Kasse."

Daraufhin guckte der Detektiv mir in die Augen und mahnte: „Ich bin jetzt kurz weg. Mach es nicht noch schlimmer, indem du versuchst zu flüchten! Das bringt jetzt auch nichts mehr!"

Dann verschwand er wieder im Supermarkt. Was sollte ich nun tun? Sollte ich es wagen, aus dem Büro zu fliehen? Jedenfalls musste ich irgendwie verhindern, dass der Detektiv die Polizei hinzuzieht, und diese mich wieder nach Hause schickt. Zum Fliehen war es dann aber auch schon wieder zu spät, denn nach weniger als zwei Minuten kam dieser Müller auch schon wieder! Zu meinem Entsetzen, mit Gabrel im Schlepptau!

„Ja, guck mal, wen wir hier haben", fauchte er mich an, „deinen Komplizen - mal wieder."

Mal wieder? Dann war Gabrel also schon mal hier beim Klauen erwischt worden!

„Was machen Sie denn jetzt mit uns?", wollte ich wissen.

„Mhh, das weiß ich auch noch nicht so genau, eigentlich müsste ich die Polizei verständigen...", erklärte Müller grimmig.

„Nein!! Bitte nicht die Polizei", riefen wir beide im Chor.

„Ja, war mir schon klar, dass ihr nicht zur Polizei wollt. Wenn ich es mir richtig überlege... Mein Auto ist im Moment ziemlich dreckig, und meine Karre könnte auch auf Dauer mal hin und wieder polierende Hände gebrauchen. Machen wir einen Deal! Ihr wascht für ein halbes Jahr jede Woche meine Karre, und ich verpfeife euch nicht an die Polizei", schlug er vor.

Uns blieb nichts anderes übrig, als dem miesen Vorschlag zuzustimmen, weil die Polizei das Letzte war, was wir gebrauchen konnten.

„Geht doch! Morgen um halb vier hier im Hinterhof! Eimer und Schwämme habe ich hier genug, und jetzt macht, dass ihr hier rauskommt, ihr Nichtsnutze", fauchte er uns an.

„Da haben wir noch mal richtiges Glück gehabt!", meinte Gabrel erleichtert, als wir den Supermarkt fast verlassen hatten.

„Glück nenne ich was anderes. Jetzt dürfen wir für ein halbes Jahr das Auto von dem putzen. Klar, besser als Polizei, aber das ist doch nicht erlaubt, was der da macht!", entgegnete ich wütend.

„Das macht der aber immer so. Vor ein paar Wochen habe ich gesehen, wie er einen Jungen erwischt hat, den er zum Rasenmähen zu sich nach Hause bestellt hat. Den Supermarktangestellten hat er dann gesagt, dass der Junge wohl doch nichts gestohlen hat. Fehlalarm! Das ist ein ganz verlogener Hund, dieser Müller. Aber leider bleibt uns nichts anderes übrig", ärgerte sich Gabrel.

Wieder setzten wir uns auf die Bank vor dem Markt. „Kaugummi?", fragte Gabrel cool.
Die Kaugummis und die Zigaretten hatte Müller uns nämlich nicht abgenommen!

„Lass uns lieber hier abhauen, bevor dem Müller noch mehr einfällt, wozu er uns benutzen kann", sagte ich.

„Klar, machen wir gleich. Ähm, hast du denn jetzt überhaupt was mitgenommen?", wollte Gabrel wissen.

„Ja klar. Die beiden Packungen habe ich."

„Das ist doch schon mal nicht schlecht für den Anfang, wenn auch mit Problemen verbunden. Ich habe fünf Stück mitgenommen."

„Ne ganze Menge..."

„Normalerweise nehme ich schon mal sieben oder acht Packungen mit, wenn ich großen Hunger habe. Na gut, dann lass uns jetzt die Ware zu Geld machen. Am besten geht das in der Fußgängerzone. Wir stellen uns einfach vor dem Zigarettenautomat auf und warten, bis jemand kommt und sich Kippen holen will. Dann zeigen wir denen, dass wir auch Zigaretten haben und dass wir sie sehr günstig abgeben. Zigaretten sind nämlich sehr teuer geworden, da können Raucher nicht widerstehen, wenn sie unseren Preis hören. Wir verkaufen zum halben Preis, das rechnet sich für die Raucher und natürlich auch für uns", erklärte Gabrel den weiteren Ablauf wie ein Geschäftsmann. Wir machten uns auf in die Fußgängerzone dieser Großstadt.

Überall waren Menschen unterwegs. Vollgepackt mit Einkaufstaschen und sonstigen Sachen liefen die Menschen hier hektisch durch die kopfsteingepflasterte Hauptstraße und ihre zahlreichen Nebengassen. Diese Menschen hatten alle etwas zu tun, waren im Stress, trugen Verantwortung für etwas. All dies hatte ich überhaupt nicht mehr. Früher, im Hotel, musste ich immer Verantwortung und eine Aufgabe übernehmen. Zum Glück jetzt nicht mehr. Wir beide hatten uns vor dem Automat aufgestellt und hofften nun, so viel Gewinn wie möglich zu machen. Wir mussten nicht lange warten, bis ein ziemlich dünner Mann auf uns, oder besser gesagt, den Automaten, zukam. Sofort sprach Gabrel ihn an:

„Wieso gibst du denn so viel Geld für Kippen aus, wenn du sie bei mir viel billiger kriegen kannst?" Der Mann blieb stehen und schaute ziemlich verdutzt drein. Gabrel zeigte ihm die Packungen, und der Mann nahm gleich zwei Stück!

„Siehst du! So Einfach verdient man sich fünf Euro", sagte Gabrel stolz und hielt den Fünfer hoch. Genauso lief das dann den ganzen Nachmittag auch noch weiter. Zu Mittag hatten wir uns zwischendurch an einem Bratwurststand, der sich in unmittelbarer Nähe von dem Zigarettenautomat befand, eine Bratwurst gegönnt. Als Gabrel alles verkauft hatte, kam eine junge blonde Frau zu mir und fragte mich nach Zigaretten. Es hatte sich anscheinend schnell unter den Rauchern rumgesprochen, dass es hier billige Zigaretten gab. Nachdem wir dann endlich alle Packungen unter die Leute gebracht hatten, war es schon nach sechs. In der Fußgängerzone hatte es sich schon erheblich beruhigt.

Immer weniger Menschen waren unterwegs. Es dämmerte, und nur die hellen Leuchtreklamen der Geschäfte erhellten die Straße.

„Wie viel haben wir denn jetzt eingenommen?", wollte ich unbedingt wissen.

Gabrel zählte nach, zögerte etwas und meinte dann:

„Fast zwanzig Euro!"

„Ganz schön viel Geld! Lass uns aber jetzt nach Hause gehen!", schlug ich vor, „meine Beine tun schon weh vom vielen Stehen."

„Alles Klar. Ich bin's jetzt auch leid", kam es von Gabrels Seite, und wir machten uns auf den Weg.

9

Langsam wurde es immer dunkler und dunkler, und nur noch das schwache Licht von ein paar Straßenlaternen beleuchtete außerhalb der Fußgängerzone die Straßen. Wir hatten uns eben in einer Bäckerei noch zwei Milchbrötchen gekauft, die wir jetzt genüsslich aßen, als wir plötzlich ein lautes Geschrei aus einer dunklen Nebengasse hörten. Es war der Hilfeschrei einer Frau!
„Was ist da los?", fragte Gabrel ziemlich angespannt „Da schreit doch jemand um Hilfe! Lass uns nachschauen!" Beide hatten wir ein schlechtes Gefühl bei der Sache, und trotzdem stürmten wir zwei Meter zurück in die Gasse. Geruch von Abfall drang uns in die Nasen. Die Gullideckel qualmten. Und da! Eine Person, wahrscheinlich ein Mann, mit ganz schwarzer Kleidung hielt eine junge Frau fest und bedrohte sie mit einem Messer.

Der Mann versuchte, ihr den Mund zuzuhalten, aber er schaffte es nicht. Die Frau schrie und versuchte, ihre Tasche festzuhalten, an der der Mann zerrte. Und jetzt mischte sich auch noch Gabrel in die Angelegenheit ein und stürzte auf den Räuber zu:
„ Hey, lass die Frau in Ruhe!!"
„Spinnst du?! Komm da weg! Der Typ hat ein Messer", versuchte ich ihn noch von seinem Vorhaben abzubringen. Aber da war es schon zu spät. Gabrel hatte sich von hinten auf den schwarzen

Mann gestürzt und versuchte, ihn zu Boden zu reißen, was ihm aber nicht gelang. Das hatte ich schon vorausgesehen, denn der gemeine Räuber war ihm körperlich total überlegen. Nun musste auch ich handeln, denn ich konnte ja nicht zusehen, wie der Räuber auch Gabrel in seine Gewalt brachte. Da ich es mir nicht zutraute jetzt auch noch mitzukämpfen, sprintete ich zurück, raus aus der Nebengasse, in die belebtere Straße. So laut ich konnte, schrie ich um Hilfe, und es dauerte nicht lange, da kam ein kleiner, aber starker Mann mit blonden Haaren und einer großen Nase auf mich zu:

„Junge, was hast du denn?" Schnell erklärte ich ihm, was vorgefallen war, und gemeinsam stürmten wir in die Gasse zurück, wo Gabrel eben noch mit dem Straßenräuber gerangelt hatte.

Als wir dort ankamen, war kein Straßenräuber mehr da! Gabrel lag etwas benommen auf dem Rücken und stöhnte, weil er sich das Knie aufgeschlagen hatte. Die Frau, der Gabrel zur Hilfe gekommen war, kniete neben ihm und versuchte, die Wunde mit einem Taschentuch zu säubern.

„Verdammt! Gabrel! Was ist in dich gefahren?", platzte es aus mir heraus.

„Ah, Alex, mein Knie tut so weh! Der Typ hat mich voll auf das Kopfsteinpflaster geschleudert, und da hab' ich mir das Knie aufgeschlagen", schrie Gabrel vor Schmerzen, „es tut so weh!"

Der Mann, der mit gekommen war, ließ sich von der Frau erklären, was vorgefallen war und zückte dann aus seiner Hosentasche ein Handy. Als Gabrel das wahrnahm, stand er auf einmal wie von einer Tarantel gestochen auf und rannte humpelnd in Richtung Hauptstraße davon - und ich hinterher. „Moment mal! Stehen geblieben!", rief der Mann, aber da waren wir dann auch schon um die Ecke geflüchtet. Gabrels Gesicht war schmerzverzerrt. Man konnte ihm ansehen, wie er litt. Er lief mit letzten Kräften und musste aufgrund seiner Verletzung sein linkes Bein nachziehen.

Zwei Straßen weiter holte ich Gabrel, der trotz seiner Verletzung viel schneller laufen konnte als ich, wieder ein. Immer noch schaute er mich mit schmerzverzerrtem Gesicht an, und bevor ich etwas fragen konnte, antwortete er schon:
„Stell dir doch mal vor, die hätten die Polizei gerufen. Dann wären wir ... AH, das tut so weh!"
„Zum Glück sind wir ja noch mal gut davongekommen. Mach dir da mal keine Sorgen", beruhigte ich ihn erst mal, vollkommen außer Atem.

Der Schock saß uns noch ziemlich tief in den Gliedern, als wir unser Quartier erreichten. Nun war es mittlerweile schon stockduster. Gabrel legte sich sofort auf seine Liege und fing trotz der Schmerzen an, stolz die Euro-Münzen zu zählen, die wir vor diesem Zwischenfall eingenommen hatten. Etwas später verkündete er dann noch mal das Ergebnis:

„Fast 20 Euro. Das reicht erst mal für die nächsten Tage, hoffe ich."

„Super", antwortete ich, „dann lass uns doch morgen früh noch mal zum Bäcker gehen und ein Brot kaufen. Das ist billiger, und da hat man viel länger etwas von als von Brötchen."

„Einverstanden", stimmte Gabrel zu, und wir legten uns auf unsere Matratzen. Nachdem wir uns gegenseitig eine gute Nacht gewünscht hatten, fing ich wieder einmal an, über den Tag nachzudenken. Wieso passierten die komischen Sachen immer nur Gabrel? Erst ertrinkt er fast, dann wird er fast von einem Straßenräuber zusammengeschlagen. Das fand ich schon etwas merkwürdig. Ich glaube, er traut sich viel mehr zu als ich. Was dabei herauskommt, sieht man ja. Naja, zum Glück war ja noch mal alles glimpflich ausgegangen, abgesehen von Gabrels Verletzungen. Aber Wunden heilen ja bekanntlich. Und dann war da ja auch noch die Sache mit diesem Müller, der uns beim Klauen erwischt hatte und dessen Auto wir nun als Strafe waschen sollten. Eigentlich war ich ganz froh darüber, dass er nicht die Polizei gerufen hat, aber normalerweise darf er so was ja gar nicht machen. Auch dass er, wie Gabrel sagte, schon mal jemanden zum Rasenmähen zu sich nach Hause bestellt hatte, konnte nicht mit rechten Dingen zugehen. Das ist vielleicht ein komischer Kerl.

10

Am nächsten Morgen war es wieder Gabrel, der als erster wach wurde und, schon bevor ich aufwachte, beim Bäcker gewesen war. Offenbar hatte er kaum noch Schmerzen.

„Guten Morgen!", rüttelte er mich sanft aus dem Schlaf. Er war sichtlich gut gelaunt.

„Du wirst es nicht glauben", freute er sich, „aber ein Nachbar hier um die Ecke hat mir gerade alle Gartengeräte, die wir noch hatten, abgekauft! Schau mal! Hundertfünfzig Euro!"

Nein, das konnte doch nicht wahr sein.

„So viel?" Für all diese verrosteten und veralteten Geräte? Wahnsinn!", freute ich mich mit ihm.

„Der Mann war wirklich sehr nett und wohnt auch hier in der Nähe. Er meinte, dass er die Geräte gut gebrauchen könnte. Da habe ich ihn gefragt, ob er sie uns nicht abkaufen will. Das hat er dann auch prompt getan", erklärte Gabrel. Schließlich fügte er noch hinzu: „Aber jetzt lass uns doch erst mal frühstücken! Brot und Wurst habe ich schon mitgebracht!" Da war ich ganz seiner Meinung, denn mein Magen knurrte morgens bekanntlich besonders heftig.

Während wir uns über selbstgeschmierte Salami-Brote hermachten, beratschlagten wir, was wir mit dem ganzen Geld anstellen sollten. In einem Punkt waren wir uns auch sehr schnell einig: Wir mussten es irgendwo gut, und vor allem sicher, aufbewahren. Da hatte ich auch mal eine Idee! Gestern hatte ich nämlich schon ein loses Brett im Holzboden entdeckt. Also versteckten wir hundertfünfzig Euro in einer Zigarettenschachtel unter dem Holzboden unserer Hütte. „So schnell findet das dort niemand", stellte Gabrel zufrieden fest. Da hatte er Recht. Das Versteck war wirklich bombensicher. Wie auch schon beim Frühstück überlegten wir auch noch nachher, was wir mit dem Geld anfangen könnten. Natürlich kamen uns sofort einige Ideen. Der verrückteste Vorschlag kam von Gabrel. Er wollte das Geld für einen nagelneuen BMW ausgeben. Als ich ihm dann aber erklärte, dass so ein Auto viel mehr kostet, war Gabrel für eine halbe Stunde beleidigt. Später beschlossen wir, mit dem Geld in die Stadt zu gehen, um uns erst mal mit allen nötigen Lebensmitteln für die kommenden Tage einzudecken. Ich hielt das auch für die vernünftigste Methode, das Geld auszugeben. Wir waren keine zehn Meter gegangen, da blieben wir beide wie angewurzelt stehen, weil wir wieder eine komische Stimme wahrgenommen hatten. Ein Sperrmüllhaufen verkündete, dass es die nächsten Tage regnen soll. Ein paar Sekunden standen wir wie angewurzelt da und beäugten das Speergut von allen Seiten.

„Was ist denn jetzt wieder los?", schaute Gabrel verdutzt und fing an, die kaputten Stühle beiseite zu räumen.

„Warte, ich helfe dir!", sagte ich und schob eine alte Nachtkonsole an die Seite. Wir brannten vor

50

Neugier. War das denn normal, dass einem ein Schrotthaufen was vom morgigen Wetter erzählt? Bestimmt nicht. Etwas später wurde uns dann wieder alles klar! Ganz unten, unter all diesen dreckigen und alten Möbeln fanden wir ein altes, mit Batterien betriebenes Radio.

„Hey, cool! Jetzt haben wir endlich mal Mucke in der Bude dahinten!", freute sich Gabrel. Auch ich freute mich:

„Wer schmeißt denn bitte ein noch so gut erhaltenes Radio auf den Müll?" Zu allem Überfluss entdeckten wir noch einen mit etlichen Batterien gefüllten Leinenbeutel direkt neben dem Radio. Hiermit konnten wir auch weiterhin Radio hören, wenn die Batterien denn tatsächlich noch voll waren. Das war auch so, wie sich später herausstellte.

Nachdem wir das Radio in unserer Hütte auf die Fensterbank gestellt hatten, machten wir uns zum zweiten Mal auf den Weg in die Fußgängerzone.

„Ein zweites Brot holen wir aber erst auf dem Rückweg! Dann lassen wir uns das einfach in eine Plastikhülle einpacken, damit das Brot auch länger frisch bleibt, ok?", schlug Gabrel vor. Das war eine gute Idee. Schließlich wollten wir nicht nach zwei Tagen in verschimmelte Knifften beißen.

Als wir am Nachmittag aus der Stadt in unser Heim zurückgekehrt waren, hatten wir eine Menge an Lebensmitteln mitgebracht, die wir kaum noch tragen konnten: Weißbrot, Roggenbrot, Mineralwasser, aber auch Schokolade und eine Tüte Kartoffel-Chips. Während ich versuchte, diese Sachen in einem kleinen Holzregal, was an der Wand befestigt war, zu verstauen, schaltete Gabrel unser neues Radio ein. Nachdem ich meine Arbeit verrichtet hatte, ließen wir uns auf den Matratzen nieder und lauschten den 17-Uhr-Nachrichten, die gerade begonnen hatten.

Die ersten beiden Meldungen, die eine Frauenstimme vorlas, waren eher uninteressant. Sie handelten von irgendwelchen Demonstrationen, die in Berlin stattgefunden hatten. Erst die dritte und regionale Meldung ließ uns hellhörig werden:

„Wieder einmal hätte es ein Straßendieb fast geschafft, eine 35-jährige Frau auszurauben. Dies geschah auf Höhe der Wembelgasse, nicht weit von der Fußgängerzone entfernt. Zum Glück waren zwei Jugendliche zur Stelle, die den Täter zur Flucht zwangen. Kurz danach rannten die Jugendlichen auch davon. Der mutmaßliche Täter, Jens M., wurde nach kurzen Ermittlungen noch heute Nachmittag von der Polizei gefasst. - Das waren die 17-Uhr-Nachrichten, es ist jetzt 17.04 Uhr."

Gabrel drehte das Radio leiser, in dem jetzt fetzige Musik erklang.

„Zum Glück haben die den Penner endlich geschnappt", sagte er erleichtert.

Ich wollte gerade antworten, da riss jemand mit großer Wut die Tür der Holzhütte auf!

Dort stand ein alter Mann mit Glatze. Er war ganz in grau gekleidet und stütze sich mit seinem ganzen Gewicht auf einen hölzernen Wanderstab.

„Was zum Teufel macht ihr hier?", kläffte er, „ich komm gerade aus'm Urlaub wieder, und da hör ich irgendwelche Stimmen aus meiner Hütte!? Und überhaupt!! Wer seid ihr, und vor allem, was macht ihr hier und - wo sind meine Gartensachen???" Na super. Jetzt hatten wir ein noch größeres Problem, als das eben in der Wembelgasse. Von wegen, die Hütte steht leer, die gehört niemandem, da können wir uns niederlassen! Kurzerhand beschloss ich zu versuchen, einen guten Eindruck zu machen und den alten Mann zu beruhigen:

„Hallo, ich heiße Alexander, und das ist mein Freund Gabrel." Das hatte für's erste gewirkt. Der Mann, der uns so einen Schrecken eingejagt hatte, wurde auf einmal sehr freundlich und setzte sich mit uns in die Hütte an seinen Tisch. Wir fingen an, uns zu unterhalten:

„Also, ich heiße Heinz. Ihr kennt doch bestimmt das Haus hier direkt gegenüber, da wohne ich. Mir gehört auch diese Hütte. Allerdings war ich für fast'n Jahr bei meiner Schwester und bin erst vor 'ner Stunde wieder angekommen!", berichtete Heinz noch etwas verwirrt. Heinz war richtig nett, und wir hatten schnell Gefallen an ihm gefunden.

So saßen wir noch bis abends um neun in Heinz' Hütte und unterhielten uns. Er erzählte Geschichten aus seinem langen Urlaub, den er in Norwegen verbracht hatte, und wir berichteten über die gan-

53

zen Vorkommnisse, die wir in diesen Tagen erlebt hatten: Von dem Überfall in der Wembelgasse, von Gabrels kleinem Schwimmkurs und vom Ladendetektiv Müller, der uns beim Klauen im Supermarkt erwischt und uns zum Autowaschen verdonnert hatte.

„So, dann macht's mal gut und schlaft schön!", verabschiedete sich Heinz und verschwand in der Dunkelheit. Während unseres Gespräches hatte er uns erlaubt, seine Hütte zu bewohnen. Etwas sauer war er aber schon darüber, dass wir all seine Geräte verkauft hatten. Trotzdem war Heinz aber, wie auch Gabrel fand, ein echter Kumpel, mit dem man bestimmt auch vieles gemeinsam machen kann. So ein richtiger Typ zum Pferde stehlen.

11

Am nächsten Morgen wachten wir erst sehr spät auf. Aber das war auch nicht weiter schlimm, denn über Nacht hatte es, wie im Radio schon angekündigt, einen drastischen Wetterwechsel gegeben. Es schüttete wie aus Eimern, und das sollte, laut Bericht, auch den ganzen Tag über anhalten. Deshalb machten wir uns auch keinen Stress und kuschelten uns wieder gemütlich unter unsere Decken.

So verbrachten wir den Morgen, bis es um kurz nach Mittag laut an der Tür klopfte. Natürlich wussten wir, wer da war: Heinz!

„Hey, Jungs? Kann ich reinkommen?", fragte er mit rauchiger Stimme.

„Klar", rief Gabrel, und keine Sekunde später stand Heinz, mit allen möglichen Spielen zugepackt, in der Tür. Er hatte gleich so viele Spiele mitgebracht, dass er sie eigentlich gar nicht alle tragen konnte, deshalb ließ er sie auch erleichtert auf den Tisch fallen.

„Naja, ich dachte, bei dem Sauwetter spielen wir 'ne Runde zusammen. Seit meine Frau gestorben ist, habe ich nicht eine Runde ‚Monopoly' mehr gespielt!", erzählte er.

Außer ‚Monopoly' hatte Heinz auch noch andere bekannte Spiele mitgebracht. Zum Beispiel ‚Risiko' und ‚Hotel'. Gabrel kannte ‚Monopoly' gar nicht, wollte es aber unbedingt lernen. Ich kannte ‚Monopoly'! Das hatten unsere Gäste oft bei schlechtem Wetter im Foyer gespielt. Da konnte ich das ein oder andere Mal auch mitspielen. Meistens wurde ich dann aber von meinem Vater zurückgepfiffen und zu anderen Arbeiten verdonnert. Bloß keinen Spaß haben!

Später stellte sich dann heraus, dass es richtig Freude machte, mit Heinz und Gabrel zu spielen, und so verging die Zeit wie im Flug.

Am späten Nachmittag, als Gabrel sogar gewonnen hatte, machte sich Heinz dann aus dem Staub, weil er eine ganz bestimmte Sendung im Radio verfolgen wollte.

„Lass uns da doch auch mal reinhören! Ich will wissen, was das für eine Sendung ist, die Heinz da hört", schlug Gabrel vor, und natürlich war auch ich sehr neugierig.

Also schaltete ich unser eigenes Radio ein, und wir beide lauschten der Musik, die gerade auf dem vom Heinz genannten Sender lief.

„Was ist denn an der Sendung so toll? Ist doch so wie jede andere auch, oder nicht?", fragte Gabrel genervt.

„Naja, ich weiß auch nicht", antwortete ich, „aber es ist ja auch noch nicht ganz sechs Uhr!" Und ich hatte Recht, denn genau nachdem ich den Satz vollendet hatte, ertönte ein lautes Piepen und eine Frauenstimme verkündete, dass es sechs Uhr sei und dass nun die Sendung „Game and Win" anfangen würde.

„AH! Game and Win! Jetzt weiß ich, was das für eine Sendung ist! Hast du nicht die große Plakatwand an der Straße, gegenüber vom Supermarkt, gesehen? Da Stand: Game and Win - Die ultimative Sendung, wo ihr die tollsten Preise gewinnen könnt. Oder so ähnlich", klärte ich Gabrel auf. Auf dieses Plakat hatte ich nämlich die ganze Zeit gestarrt, während wir auf der Bank, vor dem Markt, gesessen hatten. Jetzt waren ich und Gabrel von der Sendung völlig begeistert.

„Hi und Hallo", wurden wir vom Radio unterbrochen, „ich bin der Michael und darf euch heute Abend mal wieder zu einer neuen Sendung von „Game and Win", eurer Gewinnsendung, begrüßen! Natürlich haben wir wieder tolle Preise, die ihr heute gewinnen könnt. Das Highlight der Sendung aber wird die Verlosung einer Reise für vier Personen nach Ibiza sein! Also, dranbleiben und aufpassen!" Dann ertönte wieder Musik. Kaum hatte Gabrel das gehört, platzte er vor Aufregung. Und auch ich war ganz aus dem Häuschen.

„Lass es uns versuchen! Da machen wir mit!", schrie Gabrel durch die Hütte, „und dann nehmen wir noch Heinz mit auf die Sonneninsel. Ob drei oder vier Personen, ist ja egal!!"

Das klang vielversprechend!

Es dauerte keine zwei Minuten, da standen wir beide vor Heinz' Haustür und hämmerten wie wild dagegen, weil Heinz keine Klingel hatte. Eine Weile später öffnete er dann auch:

„Was ist denn noch? Ich hab euch doch gesagt, dass ich nun keine Zeit mehr habe!" Er klang leicht genervt.

„Jaja, das wissen wir ja, aber wir haben auch ein Radio nebenan und haben das mit der Reise nach Ibiza mitgekriegt! Lass es uns versuchen, Heinz, bitte!", sagte Gabrel. „Ach Kinder, ich bin zu alt für so was. Ich mache lieber bei Gewinnspielen mit, wo ich was Brauchbares gewinnen kann", meinte Heinz, fügte aber hinzu: „Na gut, meinetwegen! Meinen Segen habt ihr. Los, versucht es!" Er ließ uns rein und zeigte uns sein Telefon, das sich im Flur befand. Gabrel rannte sofort dorthin, während ich mich mit Heinz in seinem Wohnzimmer niederließ. Heinz hatte sein Radio auch eingeschaltet!

„Verdammter Mist! Da ist ständig besetzt!", rief Gabrel aus dem Flur. „Macht nichts! Versuch es weiter!", schrie ich zurück.

Nach etwa fünf Minuten kam Gabrel völlig erschöpft vom vielen Wählen ins Wohnzimmer:

„Ich hab mir schon fast meine Finger wundgewählt. Mach du weiter!"

Das ließ ich mir nicht zweimal sagen. Ich stürmte in den Flur, aber es war immer noch besetzt. Es war total langweilig. Immer dieselbe Reihenfolge: Abheben - Wahlwiederholung - Auflegen. Das brachte mich vollkommen aus der Fassung. Dann aber Erleichterung! FREIZEICHEN! Fast hätte ich in diesem Rhythmus schon wieder aufgelegt! Aber, ich war durchgekommen, endlich!

„Ich hab's geschafft", rief ich. Es dauerte nicht lange, da standen Heinz und Gabrel links und rechts von mir und lauschten dem Tuten.

Dann war es soweit:

„Hallo, hier ist der Michael! Wer dort?"

„Hallo, hier ist Alex. Ich wollte bei dem Ibiza-Gewinnspiel mitmachen!"

„Hey, das ist gar kein Problem. Gib mir mal deine Telefonnummer."

Natürlich kannte ich Heinz' Telefonnummer nicht, schaute Heinz fragend an und geriet in Panik, als der nicht verstand, was ich von ihm wollte. Dann aber erlöste mich Gabrel und deutete auf einen kleinen Notizblock, direkt neben dem Telefon, auf dem ein Eintrag mit dem Vermerk „Meine Nummer" geschrieben stand. Als ich Michael die Nummer durchgegeben hatte, meinte er noch, dass es gar nicht so schlecht für mich aussehen würde und dass er wieder anrufen würde, wenn ich gewonnen hätte.

„Hast du gehört?", rief Gabrel begeistert, „es sieht nicht schlecht aus!"

Nun begann eine lange Wartezeit. Stunden saßen wir im Wohnzimmer und lauschten dem Radio. So kam es mir zumindest vor. Das Wohnzimmer war altmodisch eingerichtet, aber sehr gemütlich. Heinz saß am Tisch und fing auf einmal an, eine Menge Tabletten in sich hineinzuwerfen.

„Was machst du da?", wollte ich wissen.

„Nun, schon seit einiger Zeit ist meine Lunge ziemlich angegriffen. Früher war ich nämlich ein richtiger Kettenraucher. Der ganze schädliche Rauch hat meine Lungen total kaputt gemacht. Deshalb muss ich jetzt Tag für Tag immer eine Menge Tabletten schlucken, die den Schmerz lindern." Heinz war also einmal Raucher gewesen. In diesem Moment wurde mir bewusst, dass das Rauchen eine richtige Sucht ist. Oft hatte ich davon gehört, dass man nur ganz schwer wieder damit aufhören kann, wenn man erst einmal angefangen hatte.

Jetzt wurden mir auch die restlichen Zusammenhänge bewusst. Rauchen ist tödlich! So stand es ja auch auf jeder einzelnen Packung, die ich und Gabrel in der Stadt verkauft hatten. Meine Überlegungen wurden durch eine Frage von Gabrel unterbrochen:

„Aber es ist nichts ernsthaftes, also Krebs, oder?" Von der schlimmen Krankheit Krebs hatte ich auch schon mal gehört. Auch im Zusammenhang mit Rauchen. Das Schlimme an dieser Krankheit war, dass es kein Arzneimittel auf der Welt gibt, das diese Krankheit heilen kann. Das fand ich sehr schlimm! Viele Menschen sterben an Krebs, und deshalb beruhigte mich Heinz' Antwort auch schon sehr, denn er versicherte uns, dass er keinen Lungenkrebs habe.

„Naja. Vor ein paar Jahren war ich aufgrund eines Autounfalls im Krankenhaus. Mein Bein war damals gebrochen. Das ist ja nicht so schlimm, aber die Ärzte haben bei einer Untersuchung Spuren von Lungenkrebs in meiner Lunge gefunden. Zum Glück konnten alle Spuren bei einer Operation beseitigt werden.

„Schlimme Sache", meinte ich, und auch Gabrel nickte schweigend.
In diesem Moment rappelte das Telefon im Flur! Oh Gott! Gabrel zuckte auf und schaute mich mit großen Augen an. Ich starrte die Kuckucksuhr an, die im Wohnzimmer an der Wand hing. Halb acht! Von der Zeit her konnte das hinkommen, denn Michael hatte vor ein paar Minuten über das Radio verkündet, dass er nach dem nächsten Musiktitel den Gewinner preisgibt.

„Hallo, hier ist der Alex", meldete ich mich.
„Hi Alex, hier ist Michael!", rief Michael. Wir konnten es kaum fassen! Wir hatten gewonnen! Wir würden alle drei zusammen nach Ibiza fliegen und uns dort in einem Vier-Sterne-Hotel verwöhnen lassen!
„Wir haben's geschafft!", schrie Gabrel, und auch Heinz war ganz von der Rolle. Plötzlich aber waren beide wieder mausestill, denn sie hatten wohl an meinem Gesichtsausdruck gesehen, dass etwas nicht in Ordnung war. Michael hatte mir nämlich gerade folgendes mitgeteilt:
„Haha, Moment, Moment. So schnell geht das bei uns auch wieder nicht." Die Enttäuschung war riesig. Alle dachten, wir hätten das große Los gezogen und hätten schon gewonnen. Michael hatte trotzdem noch eine fast genauso gute Nachricht für mich. Nach dem ersten Schock konnten wir uns

dann doch wieder alle freuen, denn Michael erklärte, dass wir es fast geschafft hätten. Ich müsste nur noch in einem Duell gegen einen anderen Hörer antreten und drei Fragen richtig beantworten.

„Alles verstanden?", fragte Michael, der mir vorher kurz den weiteren Ablauf erklärt hatte, und dann ertönte eine Wartemelodie.

„Na super", meinte Gabrel, „jetzt müssen wir irgendwelche Fragen beantworten. Das schaffen wir doch nie im Leben!" Heinz grinste in sich hinein:

„Immer mit der Ruhe, Jungs. Ihr seid schon so weit gekommen, jetzt lassen wir uns die Reise auch nicht mehr wegnehmen."

Gabrel hatte drei Stühle aus Heinz' Küche in den Flur gestellt, und wir warteten nun alle gespannt darauf, dass es losging. So lange brauchten wir auch gar nicht warten, denn da klang Michaels Stimme aus dem Hörer:

„... habe ich unsere beiden Endfinalisten in der Leitung. Einmal den Jörg, und in der anderen Leitung, den Alexander! Hallo ihr beiden!"

„Hallo", entgegnete ich mit kleinlauter Stimme. Ich war ziemlich aufgeregt. Mein Herz pochte wie wild in mir. Kurz erklärte Michael auch den anderen Hörern die Spielregeln, und dann stellte er auch schon die erste Frage!

12

„So, dann starten wir mit unserem kleinen Erdkundequiz. Und hier die erste Frage: Wie heißt die Hauptstadt von Guatemala?" Mein Gott. Das ging alles so schnell. Mein Herz fing an, noch heftiger zu pochen, als es dies sowieso schon tat. Die Antwort wusste ich nicht, aber Jörg, der gegen mich spielte, schien sie zum Glück auch nicht zu wissen. Auf einmal tippte mich Heinz von hinten auf die Schulter und flüsterte mir ins Ohr, dass die Hauptstadt von Guatemala genauso hieß wie das Land selber, also Guatemala.

Mir blieb keine Zeit mehr für weitere Rückfragen, und so rief ich „Guatemala" in die Leitung. Die Antwort war richtig!

„Puh, nur noch zwei Fragen, und es steht schon eins zu null für uns", rief Gabrel begeistert. Mitten in der Freude stellte Michael schon die nächste Frage:

„Nennt mir ein Nachbarland von Saudi-Arabien." Natürlich wusste ich das auch nicht, und wieder stieß mich Heinz von hinten an. Aber da war es schon zu spät. Jörg hatte schon „Irak" gerufen, und schon stand es nicht mehr eins zu null, sondern nur noch eins zu eins. Die nächste und gleichzeitig auch letzte Frage lautete dann": Nennt mir eine berühmte Stadt in der Türkei! „Athen", schrie Jörg im Freudentaumel, aber dass Athen nicht in der Türkei, sondern in Griechenland liegt, dass wusste sogar ich. Und dann war es auch schon passiert.

Gabrel und Heinz flüsterten beide Istanbul, und kaum hatte ich das in die Leitung gerufen, ertönte lauter Beifall aus dem Telefon. Wir hatten gewonnen! „Endstand: Zwei zu eins für Alex", verkündete Michael, und wir fielen uns in die Arme. So was hatte ich noch nie erlebt. Die Freude war riesig. Wir hüpften und sprangen in Heinz' Wohnung herum. Wir hatten gewonnen, und schon in zwei Tagen sollte es losgehen! Auch Heinz war außer sich vor Freude. Immer wieder rief er: „Dass ich das noch miterleben darf, dass ich das noch miterleben darf!"

Bis nach Mitternacht hatten wir noch mit Heinz in seinem Wohnzimmer gesessen und uns riesig gefreut, dass wir es tatsächlich geschafft hatten. Wir hatten den Hauptpreis gewonnen, eine Flugreise nach Ibiza, doch schon am nächsten Morgen kam das böse Erwachen.

Durch das schlechte Wetter, das Spielen mit Heinz in der Hütte, und dann am Abend den Radiogewinn hatte ich, und Gabrel auch, ganz vergessen, dass wir ja eigentlich beim Ladendetektiv Müller hätten antreten müssen. Wie sollte es denn jetzt weitergehen? Müller hatte in seinem Büro unsere Namen notiert. Wenn er die Namen jetzt an die Polizei gab, würde es bestimmt erst gar nicht dazu kommen, dass wir übermorgen mit einem Flugzeug in Richtung Ibiza aufbrechen könnten. Es half nichts.

„Gabrel, steh auf! Gabrel!!", weckte ich ihn am frühen Morgen, als mir die Sache mit Müller wieder eingefallen war.

„Was ist denn los?", murmelte Gabrel noch ganz verschlafen unter seiner Decke.

„Gestern! Halb vier bei Müller! Autowaschen! Das haben wir ganz vergessen. Was machen wir jetzt?", erklärte ich ihm unsere kritische Lage, und plötzlich saß Gabrel angespannt auf der Matratze.

„Oh, Mist! Das haben wir ja ganz vergessen", sagte Gabrel und rieb sich die Augen.

„Da bleibt uns wohl nichts anderes übrig, als in den sauren Apfel zu beißen und uns bei dem fiesen Müller zu entschuldigen, oder?", schlug ich vor.

„Bist du verrückt, das können wir doch nicht machen! Dann holt er erst recht die Polizei!", meinte er.

„Ach, das glaube ich nicht, lass uns zu ihm gehen. Ansonsten polieren wir seine Karre eben noch zusätzlich", versucht ich Gabrel zu überzeugen, was mir dann auch nach weiterem Hin und Her gelang.

Und so machten wir uns direkt nach dem Frühstück auf den Weg.

Bei Heinz waren noch alle Rolladen runtergelassen.

„Der steht so schnell nicht wieder auf, so lange haben wir gestern noch gefeiert", meinte Gabrel.

Auf den Straßen war viel Verkehr. Autos, Busse, LKW und auch viele Fahrradfahrer.

„Das ist hier jeden Morgen um diese Zeit so. Berufsverkehr", erklärte Gabrel.

Der Supermarkt allerdings hatte noch geschlossen. „Mhh, Öffnungszeiten 9 – 18 Uhr täglich", las ich Gabrel vor.

„So lange warte ich hier aber nicht. Lass uns doch mal hinten nachschauen, vielleicht ist da ja schon jemand", schlug Gabrel vor. Das taten wir dann auch, und tatsächlich entdeckten wir einen dicken Mercedes im Hinterhof des Supermarktes, der nach einstimmiger Meinung nur Müller gehören konnte. Als wir langsam um das Auto herumschlichen und das Nummernschild begutachteten, waren für mich alle Zweifel, dass der Wagen einen anderen Besitzer haben könnte, ausgelöscht. Denn ein großes M zierte das Kennzeichen.

„Ja, schöner Wagen, oder?", unterbrach uns dieselbe Stimme, die auch schon vorgestern in dem Büro des Detektivs zu uns gesprochen hatte. Müller.

13

Kaum hatten wir uns umgedreht, da hatte uns der Muskelprotz auch schon gegen eine Betonwand gepresst und musterte uns wütend:

„Wo wart ihr? Habt ihr's vergessen, oder wie? Wenn ihr kleinen Fieslinge jetzt nicht sofort anfangt, das Auto zu schruppen, dann sitzt ihr innerhalb von ein paar Minuten im Knast, haben wir uns verstanden?", fauchte uns Müller an. Von dieser Drohung eingeschüchtert, nickten wir kurz und rannten zu der Garage, auf die Müller deutete, deren Tor halb hochgezogen war und in der wir zwei Eimer mit Schwämmen und Ledern vorfanden.

„Da ist ein Wasserhahn. Und jetzt los! Zack zack!", schrie Müller von seinem Auto herüber, der gerade dabei war, mit dem Fingernagel etwas von der Motorhaube zu entfernen. Dann verschwand er hinter einer Tür, durch die man sein Büro von hinten betreten konnte.

„Man, wie ist der denn drauf?", fragte Gabrel wütend.

„Na, ist doch klar. Sei froh, dass der jetzt nicht doch noch die Polizei gerufen hat. Dann säßen wir jetzt wirklich im Knast, und aus wäre es mit Ibiza. Also lass uns einfach das blöde Auto hier waschen. Am besten denkst du daran, dass wir schon übermorgen am Strand auf Ibiza liegen...", versuchte ich ihn zu motivieren.

„Ach, du hast ja Recht", nickte Gabrel, und wir fingen an, den Mercedes mit heißem Wasserschaum einzuseifen.

Nachdem wir unsere Arbeit erledigt hatten, kam Müller wieder aus seinem Büro und begutachtete seinen Wagen von allen Seiten.

„Hey, kommt mal her und macht den Dreck da weg!", fauchte er, als er eine noch etwas schmutzige Stelle entdeckt hatte.

„So, jetzt macht, dass ihr weg kommt. Aber morgen früh steht ihr wieder hier auf der Matte, dann bring' ich den Wagen meiner Frau mit! Und wenn nicht, geb' ich eure Namen an die Polizei. Also, überlegt es euch." Müller verschwand wieder in seinem Büro, und Gabrel und ich schlenderten aus dem Hinterhof auf die nun beruhigteren Straßen.

„Das ist doch ein fauler Hund! Macht nix selber! Dass der überhaupt ne Frau hat, ist ja schon merkwürdig! Und dann sofort zwei Wagen waschen. Gemeinheit!", regte sich Gabrel auf.

„Besser als Knast", entgegnete ich, „und morgen kann er uns ja schlecht für den nächsten Tag wieder bestellen. Denn dann sitzen wir nämlich schon längst im Flieger Richtung Mittelmeer."

Wieder zu Hause angekommen, begegneten wir Heinz, der gerade wieder in sein Haus zurückgehen wollte:

„Gut, dass ich euch finde! Der Radiosender hat gerade noch mal angerufen. Wir sollen unsere Flugtickets dort abholen. Wo wart ihr überhaupt den ganzen Morgen?"

„Ach. In der Stadt!", antwortete ich.

„Naja egal. Ich hol' die Tickets dann gleich mit dem Fahrrad am Sender ab. Was macht ihr denn heute Nachmittag so?", wollte Heinz wissen.

„Och, mal schaun. Hast du Lust auf 'ne Runde ‚Monopoly'?", fragten wir ihn.

„Klar, also ich komm' dann bei euch vorbei, wenn ich wieder zurück bin", freute sich Heinz und verschwand in seinem Haus.

„Und was machen wir jetzt?", fragte Gabrel nach.

„Keine Ahnung", antwortete ich.

Schließlich setzten wir uns in die Hütte und redeten über die anstehende Urlaubsreise zum Mittelmeer. Nach kurzer Zeit beschloss Gabrel, seine Koffer zu packen. Koffer war gut, er hatte ja nur so eine Art Aktentasche. Und ich hatte ja auch nicht mehr als meinen Rucksack, den ich schon auf der Zugreise benutzt hatte.

„Lass uns die Sachen doch erst morgen einpacken, dann brauchen wir spezielle Sachen nicht wieder rauszukramen, wenn wir die morgen noch brauchen", schlug ich vor.

Gabrel war einverstanden, und nun warteten wir darauf, dass Heinz vom Radiosender zurückkam. Wir machten es uns auf den Liegen gemütlich und lauschten der Musik. Im Wetterbericht wurde verkündet, dass es die nächsten Tage fast nur regnen sollte.

„Gut, dass wir dann nicht mehr da sind", schmun-
zelte Gabrel, und auch ich war froh, dass wir nicht
all die nassen Tage in der Hütte hätten verbringen
mussten.

14

Heinz betrat die Hütte, diesmal ohne zu klopfen, und strahlte über beide Ohren, denn jetzt war es offiziell. Wir hatten die Tickets, und niemand konnte sie uns mehr nehmen, und wir würden nach Ibiza fliegen.

„Mhh, hier steht Abflugszeit 9.13 Uhr. Gewünschte Ankunftszeit: Zwei Stunden vor Abflug. Man musste nämlich schon zwei Stunden vorher sein Gepäck aufgeben. Also müssen wir übermorgen schon so gegen sieben Uhr am Flughafen sein", erklärte Heinz.

„Was? Sieben Uhr?", murrte Gabrel rum, der normalerweise leidenschaftlicher Langschläfer war.

„Wo ist eigentlich der Flughafen, und vor allem, wie kommen wir dort hin?", wollte ich von Heinz wissen.

„Ach, ich denke, das ist kein Problem. Wir nehmen einfach ein Taxi. Oder den Bus, je nachdem", meinte er. „Wie sieht's denn jetzt mit 'ner Runde ‚Monopoly' aus? Habt ihr Lust?"

„Klar", riefen ich und Gabrel im Chor, und wir fingen an, das Spiel vorzubereiten und aufzubauen.

Wieder dauerte es bis in den späten Abend hinein, bis Heinz und Gabrel endlich pleite waren. Diesmal hatte ich nämlich Glück gehabt und gewonnen. Heinz verschwand wieder in seinem Haus, und auch ich war sehr erschöpft und legte mich schlafen. Gabrel musste erst noch mal für kleine Jungs, später legte aber auch er sich hin.

Vor Aufregung konnte ich kaum einschlafen. Ich war noch nie in meinem Leben geflogen! Das war bestimmt sehr interessant, aber vor allem freute ich mich auf den Urlaub. Den ganzen Tag am Strand oder am Pool liegen. Und diesmal konnte ich mich in einem Hotel mal verwöhnen lassen. Diesmal war ich der Gast und nicht umgekehrt.

Darauf freute ich mich schon besonders. Auf Ibiza konnte man bestimmt viel machen..

„Hey! Steh auf, du Schlafmütze!", wurde ich unsanft von Gabrel aus dem Schlaf gerissen.

„He, was ist denn jetzt schon wieder passiert?", meinte ich vollkommen unwissend, was los war.

„Mensch. Wir müssen doch die Frauen-Karre vom Müller waschen, und wir haben gleich schon wieder Mittag! Lass uns lieber schnell hin, bevor der sich doch noch dazu entscheidet, die Bullen zu rufen!", erklärte er hektisch, und natürlich fiel mir jetzt wieder alles ein!

„Oh Man, das habe ich ja völlig vergessen!", antwortete ich. „Dann sollten wir uns jetzt besser beeilen!"

Einige Minuten und einige hundert Meter später standen wir wieder in dem grauen Hinterhof des Supermarktes, und Gabrel drückte auf die Klingel, auf der der Name des Supermarktes mit dem Vermerk „Verwaltung" stand. Es öffnete ein junger, schlanker Mann mit einer tiefen Stimme: „Ja bitte?" Das war nicht der Ladendetektiv.

„Hallo, wir wollen zu Herrn Müller, wir sollen heute das Auto seiner Fr...", versuchte ich zu erklären. Allerdings wurde der junge Mann von Müller zur Seite gestoßen:

„Lass mal Tobias, das passt schon. Ich hab' noch'n Termin mit den Jungs", versuchte er sein Vorhaben vor seinem Kollegen zu vertuschen. Von wegen einen Termin. Müller wartete, bis der Kollege, den Müller Tobias nannte, in den hinteren Räumen verschwunden war.

„Verdammt noch mal! Es ist gleich schon nach Mittag! Hatte ich nicht gesagt morgen „früh"? Das Fax mit euren Namen wäre fast gerade schon rausgegangen! Da habt ihr mächtig Glück gehabt und seid froh, dass ich so nett bin und euch jetzt noch waschen lasse. Was steht ihr hier noch so blöd rum? Fangt an!", hielt der Ladendetektiv seine Standpauke und verwies am Schluss auf einen alten, roten Opel, „Ihr wisst ja, wo die Sachen stehen. Meldet euch, wenn ihr fertig seid! Und jetzt fangt verdammt noch mal an!"

„Der kotzt mich an, dieser Typ! Seid froh, dass ich so nett bin. Dass ich nicht lache!", regte sich Gabrel auf, als wir uns auf den Weg in die Garage machten, um die Sachen zu holen, die wir zum Autowaschen benötigten.

„Mich auch. Das ist doch nicht legal! Der zieht eigenen Nutzen daraus, wenn er jemanden beim Stehlen erwischt und tut nicht das, was ihm vom Supermarkt vorgeschrieben wird. Nämlich dass er die Polizei ruft", versuchte ich Gabrel in der Hinsicht zu beruhigen, dass wir auch im Knast hätten sitzen können.

Die nächste Stunde verbrachten wir dann mit dem Putzen von dem Wagen, der Müllers Frau gehörte. Erst mit dem Wasserschlauch grob abspritzen, dann mit heißem Seifenwasser einschäumen, und dann mit dem Hochdruckreiniger wieder abspülen. Gerade waren wir mit dieser Prozedur am Ende und wollten uns bei Müller melden, wie er verlangt hatte, kam er schon von alleine in den Hinterhof:

„Ah, das sieht ja schon viel besser aus als vorher. Gut gemacht! So, und jetzt nehmt ihr hier noch dieses Mittel und schrubbt den Wagen damit ordentlich!", sagte er schmunzelnd. Oh nein! Nicht auch das noch! Müller hatte zwei Flaschen Poliermittel in den Händen, die er uns soeben grinsenderweise übergeben hatte. Natürlich hatten wir da keine Lust drauf, aber irgendwie wagte sich keiner von uns, etwas zu sagen oder die Arbeit zu verweigern. Und so blieb uns nichts anderes übrig, als zu tun, was er sagte. Schließlich stand indirekt unser Urlaub auf dem Spiel.

15

Gabrel und ich schrubbten wirklich jeden Zentimeter des Autos dreimal, damit Müller bloß nicht noch irgend etwas zu bemängeln hatte und wir noch mehr Arbeit verrichten mussten. Müller konnte man irgendwie auch mit meinen Eltern vergleichen. Bloß nicht selber arbeiten, sondern andere schuften lassen, aber das Geld selber einstecken!

Schließlich ließ uns Müller dann auch gehen. Er hatte nichts mehr am Wagen gefunden, was ihm zu dreckig schien, noch nicht poliert war oder irgendwie unschön aussah.

Auf dem Rückweg umgingen wir extra den Supermarkt und holten einige Brötchen beim nahe gelegenen Bäcker. Wir hatten nämlich vor, heute gemeinsam mit Heinz zu Abend zu essen. Einige Brötchen wollten wir auch für morgen früh aufheben. Wir mussten ja schon um 6.00 Uhr aufstehen, weil wir gegen 7.00 Uhr am Flughafen sein mussten. Als wir unsere Behausung erreicht hatten, trafen wir Heinz an, der sich schon die Mühe gemacht hatte und ‚Monopoly' auf dem Tisch in der Hütte aufgebaut hatte:
„Tag Jungs! Wo wart ihr denn schon wieder so lange?"
„Äh, in der Stadt", antwortete Gabrel.
„Was macht ihr eigentlich immer so viel in der Stadt? Na ja egal. Spielt ihr 'ne Runde mit?", fragte

er, und natürlich waren wir wieder heiß auf Monopoly. Wahrscheinlich wollte es Heinz unbedingt mit uns spielen, weil er der einzige war, der noch nicht gewonnen hatte, und komischerweise standen seine Karten gar nicht so schlecht. Schon nach einigen Minuten konnte er Schlossallee und Parkstraße sein Eigentum ernennen. Er errichtete auch schon seine ersten Häuser auf diesen Straßen. Bei mir lief es überhaupt nicht so gut. Nur Bad- und Turmstraße. Und Gabrel hatte seine Leidenschaft als Bahnhofssammler entdeckt.

Er kaufte total besessen alle Bahnhöfe auf, verdiente aber leider nicht so viel dabei, was ihm dann auch später zum Verhängnis wurde. Gabrel schied nach einigen Stunden als erster aus, und das Duell zwischen mir und Heinz gewann mein Gegner tatsächlich.

„Puh! Das war ganz schön knapp! Aber jetzt habe ich auch mal gewonnen!", freute er sich.

„Da hast du aber mächtig Glück gehabt!", ärgerte ich mich darüber, dass ich verloren hatte, freute mich aber gleichzeitig mit Heinz.

„Lass uns doch mal nachschauen, wo Gabrel hin geflüchtet ist!", schlug Heinz vor, nachdem wir die Spielutensilien wieder in dem dazugehörigen Karton verpackt hatten. Gabrel hatte sich nämlich schon, kurz nachdem er ausgeschieden war, aus dem Staub gemacht und hatte seitdem auch nichts mehr von sich hören lassen.

Nach kurzem Suchen entdeckten wir Gabrel sehr nachdenklich auf einer Bank am nahem Flussufer sitzend. Er schaute etwas traurig drein, und wir setzten uns neben ihn und fragten, was los sei.

„Ach, wisst ihr, ich bin jetzt schon so lange von zu Hause weg und lebe hier mit euch. Zu Hause war es alles so schrecklich, und doch vermisse ich meine Eltern und vor allem meine Brüder. Und jetzt habe ich es auch noch viel besser als sie und fliege nach Ibiza, während sie zu viert in einem Zimmer schlafen und leben müssen", schluchzte er vor sich hin.

„Schau mal, sei doch froh, dass du es jetzt besser hast. Damals war es schließlich deine Entscheidung, von zu Hause abzuhauen und dein eigenes Leben zu leben. Ich habe auch nicht lange darüber nachgedacht, was das für Folgen hat, einfach von zu Hause wegzulaufen. Natürlich. Irgendwie vermisse ich meine Eltern und mein Zuhause auch, aber bereuen tue ich es nicht, was ich getan habe", erklärte ich ihm, und schon sah man ihm an, dass auch er es nicht bereute, denn er fing an zu grinsen und stöhnte vor sich hin:

„Ja, eigentlich hast du ja Recht!"

Alle drei fielen wir uns in die Arme und freuten uns auf den Urlaub.

Ein lautes Klopfen ließ mich am nächsten Morgen hochschrecken, und schnell erstreckte sich ein breites Strahlen über mein Gesicht. Es war so weit. Heinz hatte gestern Abend gesagt, dass er uns heute früh wecken wollte. Und tatsächlich war es draußen noch etwas dunkel, aber die Sonne ging langsam auf, und so wurde es immer heller.

„Gabrel, aufstehen, es ist so weit! Gleich heben wir ab!", weckte ich meinen Freund, und etwas später saßen wir zusammen in Heinz' Küche und frühstückten unsere Brötchen, die wir am Vortag besorgt hatten.

„So, habt ihr alles zusammengepackt, was ihr mitnehmen wollt?", hakte Heinz nach.

„Ja!", sagten wir gut gelaunt.

„Na, dann kann's ja losgehen. Ich bestell' uns ein Taxi", sagte Heinz, der auch voll Lebensfreunde war. Er verschwand im Flur, um zu telefonieren.

„Ist wieder alles klar mit dir? Wegen gestern, meine ich", fragte ich derzeit Gabrel.

„Jaja, ist wieder alles klar. Ihr habt mir gestern echt geholfen! Vielen Dank noch mal dafür", sagte er erleichtert.

Dann ging alles ganz schnell. Heinz zog seinen langen Mantel an und keine Minute später stand ein Taxi vor Heinz' Haustür bereit. Bis ans andere Ende der Stadt musste es uns bringen, da hier der Flughafen lag.

16

Das Innere des Flughafens erinnerte mich an den Bahnhof. All diese großen beleuchteten Anzeigetafeln. Hier waren allerdings alle startenden und landenden Flugzeuge angezeigt und keine Züge. Ist ja logisch, auf einem Flughafen. Nach dem Einchecken, wo man seine Koffer abgab und sich zum Flug anmeldete, begann das Warten. Vorher hatte es an der Sicherheitszone noch ein Problem gegeben, denn Gabrel hatte in seinem Gepäck ein Taschenmesser, was den Zollbeamten natürlich gar nicht gefiel. Er musste das Messer abgeben und durfte es sich erst wieder abholen, wenn wir wieder gelandet waren, aber daran dachten wir überhaupt nicht, wir dachten nur an den anstehenden Traumurlaub.

Ganze 2 Stunden warteten wir in den großen Wartesälen hinter der Sicherheitszone, bis eine Stimme aus dem Lautsprecher unsere Flugnummer mit der Bemerkung „Abflugbereit – Passagiere bitte zu Gangway 3" ankündigte. Gangway3 hatten wir auch schnell gefunden, und so machten wir es uns auf unseren reservierten Plätzen an Bord des Airliners gemütlich. Zwei Stunden sollte der Flug dauern. Aber das war jetzt auch egal, denn erst nachdem wir in Richtung Himmel abgehoben waren, realisierten wir, welch' wirklich großes Los wir gezogen hatten und freuten uns auf ein paar traumhafte, schöne und sonnige Wochen auf Ibiza.

Der Flug war wunderschön. Es war sonnenklares Wetter, und man konnte die Welt mit anderen Augen sehen als sonst. Andererseits war es auch ein sehr mulmiges Gefühl, in 10.000 Meter Höhe mit 750 km/h durch die Luft zu rasen. Ich hatte schon so viel über Flugzeugabstürze gehört. Auf einmal riss mich eine Stewardess aus den Gedanken, indem sie mir ein Tablett mit hunderten von Bonbons unter die Nase hielt:

„Etwas Süßes gefällig?", fragte sie freundlich. Das ließ ich mir natürlich nicht zweimal sagen, und auch Gabrel genehmigte sich einige Süßigkeiten. Heinz aber lehnte ab, da er etwas sauer war. Wir hatten nämlich Plätze im Raucherabteil.

Zwei Stunden Flugzeit später standen wir kurz vor der Landung, und unsere Flughöhe hatte sich schon um die Hälfte reduziert, da blinkten plötzlich alle möglichen Lämpchen auf, die sich unter einem Fernsehbildschirm, über den sonst immer nur die Flugdaten gezeigt wurden, befanden. Nicht rauchen, anschnallen, Lehnen aufrecht stellen und so weiter...

Jetzt musste es so weit sein, und man merkte, wie das Flugzeug auf einmal mit der Nase nach vorne kippte. Ich sah die Ziffern rennen! Immer weiter nach unten! 5.000 – 4.500 – 4.000, immer weiter. Es kam mir vor, als wenn mein Trommelfell platzen würde, so einen Druck hatte ich auf meinen Ohren. Gabrel beklagte sich auch, und nur Heinz blieb ganz gelassen und meinte, dass wir uns doch Kaugummis nehmen sollten. Leider konnte ich mir nicht vorstellen, dass dies helfen würde, aber trotzdem befolgten wir Heinz' Rat.

Ein paar Minuten später war die Landung geglückt, und alle Passagiere brachen begeistert in Beifall aus, der wohl für den Kapitän des Airliners bestimmt war. Schließlich war es ja auch schon eine klasse Leistung, so ein großes Flugzeug erst mal in die Luft und dann auch wieder sicher auf den Boden zu bringen. Die Stewardessen leiteten uns durch eine Art Schlauch in das Flughafengebäude, in dem wir an der Gepäckausgabe warten mussten. „Hoffentlich fehlt jetzt nicht noch irgendein Koffer", machte Gabrel sich Sorgen.
„Ich glaube nicht, obwohl ich auch schon mal einen Bericht über die Gepäckorganisation in Flughäfen im Fernsehen gesehen habe. Natürlich kann immer mal wieder was schief gehen. Aber das ist schon sehr selten", erklärte Heinz, der gerade dabei war, seinen Mantel auszuziehen. Schon beim Übergang durch diesen Schlauch hatte man nämlich eine leichte Hitzewelle und auch eine Luftveränderung gespürt. Hier war die Luft anders als zu Hause.
„Da ist mein Koffer!", rief Gabrel, und tatsächlich erblickte auch ich ihn auf dem Laufband! Nun fehlte nur noch mein Rucksack und Heinz' großer Koffer. Es dauerte nicht lange, da liefen auch unsere Sachen auf dem Band vorbei. Heinz hatte seinen

Koffer gar nicht so schnell auf dem Band ausmachen können und reagierte zu spät. Sein Koffer
musste daher noch mal eine Ehrenrunde auf dem
Laufband drehen.

17

Als wir dann endlich all unser Gepäck bekommen hatten, machten wir uns in Richtung Ausgang auf. Es war schon ein komisches Gefühl, in einem ganz fremden Land zu sein. Der Flughafen war von innen fast genauso aufgebaut, wie der unserer Stadt. Aber diesmal konnte ich die großen Anzeigetafeln nicht lesen, da alles in einer anderen Sprache, nämlich Spanisch, geschrieben war. Wichtige Schilder, die zum Beispiel zum Ausgang des Flughafens wiesen, hingen in vielen verschiedenen Sprachen aus. So auch auf Deutsch. Nachdem wir den Ausgang gefunden hatten und die ersten Schritte an der frischen Luft machen wollten, erlitten wir den nächsten Hitzeschlag.

„Man, ist das hier heiß!", beklagte sich Gabrel, aber so war es ja nun mal.

„Besser als das ständige Regenwetter zu Hause, oder?", entgegnete Heinz.

„Ja, das schon, aber so heiß muss es nun auch wieder nicht sein!", meinte Gabrel dann und deutete auf eine kleine Frau im schwarzen Anzug, die mit einem Schild winkte, auf dem der Name unseres Reiseveranstalters geschrieben stand.

„Kommt mal mit, Jungs!", befahl Heinz, und wir machten uns auf zu der Frau.

„Herzlich Willkommen in Spanien! Hatten Sie einen guten Flug?", fragte sie freundlich.

„Jaja, alles bestens! Vielen Dank!", sagte Heinz.

„Das ist schön. Dort hinten steht ein großer Reisebus, sehen Sie? In den steigen Sie jetzt bitte alle ein. Sie werden zu ihrem Hotel gebracht. Die Fahrt wird etwa eine Stunde dauern", erklärte die Reisebegleiterin den weiteren Ablauf.

„OK, vielen Dank!", sagte Heinz, und wir machten uns unter der brütenden Sonne auf zum Bus. Zum Glück war der Bus klimatisiert, anders hätte ich die Fahrt, glaube ich, auch nicht überstanden.

Der Bus fuhr los, und wir konnten schon jetzt erste Eindrücke von der Landschaft auf Ibiza gewinnen.

„Ist ja alles ziemlich trocken hier", meinte ich beim Anblick der endlosen vertrockneten Felder und Büsche, die ich durchs Fenster sehen konnte.

„Hier hat's bestimmt schon seit Jahren nicht mehr geregnet!", meinte Gabrel.

„Naja, dafür ist es ja auch eine Sonneninsel und für den Strandurlaub gedacht", erklärte Heinz.

„Gibt es denn hier überhaupt noch Einheimische?", wollte ich von ihm wissen.

„Och, vielleicht nicht mehr so viele wie früher. Aber einige werden bestimmt auch heute noch hier leben. Zum größten Teil aber ist die Insel von den Inhabern der Hotels und überhaupt den Touristen bewohnt. Schade eigentlich!", meinte Heinz.

Ich hätte auch keine Lust mehr, auf einer Insel zu wohnen, wo nach und nach immer mehr Hotels gebaut werden und wo nur noch Touristen ihren Urlaub verbringen wollen.

Etwa eine halbe Stunde später war es dann so weit. Der Bus hielt auf einem großen Parkplatz, auf dem auch schon andere Busse eingeparkt hatten.

„So, nun haben wir unser Ziel erreicht! Ich wünsche Ihnen nun einige erholsame Tage im vier Sterne Hotel *Your Palace*", sagte die Reisebegleiterin, die auch mitgefahren war, durch ein Mikrofon.

„Mh, Your Palace! Klingt ja interessant", meinte Gabrel, „aber leider sehe ich hier kein Hotel. War ja auch klar. Wir waren mitten auf einem Parkplatz und zudem noch umrandet von anderen Bussen.

„Ja, das ist doch logisch! Ich sehe ja auch nichts! Kommt Jungs, lasst uns aussteigen, dann werden wir das Hotel schon finden!", freute sich Heinz.

Und so war es dann auch. Nachdem wir um den ersten Bus, der uns die Sicht versperrt hatte, herumgelaufen waren, erstreckte sich vor uns ein riesiges Gebäude mit vielen Balkonen und unendlich grünen Wiesen drum herum. Ganz oben auf dem Dach befand sich eine große Leuchtreklame:

**** *Your Palace*

Wir schlossen uns den anderen Menschen an, die auch an der Reise teilnahmen, und in Richtung Eingang strömten. Das Eingangsportal lag unter freiem Himmel. Nur die Rezeption war überdacht, aber von allen Seiten offen. Rundum begrünt, befand sich in der Mitte des Foyers ein großer Springbrunnen, in dem Wasser sprudelte. Nachdem wir in der Menschenschlange gewartet hatten, die sich vor der Rezeption gebildet hatte, kamen wir dann auch endlich dran. Etwas überraschte mich sofort. Der junge Mann hinter der Theke sprach Deutsch – und das in Spanien.

„Hier sind ihre Zimmerschlüssel. Zwei Doppelzimmer im fünften Stock! Schönen Tag noch!", sagte er, nachdem ihm Heinz unsere Namen genannt hatte.

Er wies uns den Weg zu den Fahrstühlen. Im Fahrstuhl angekommen, erwartete mich die nächste Überraschung. Wie ich es aus anderen Aufzügen kannte, musste man den Knopf mit der Ebene, auf die man wollte, immer selbst drücken. In diesem Aufzug aber stand ein Mann in einer komischen Uniform.

„Zu welchem Stockwerk möchten Sie bitte?", wollte er wissen und betätigte daraufhin die Knöpfe. Innerhalb von ein paar Sekunden waren wir im fünften Stock angelangt und traten aus dem Fahrstuhl hinaus. Glas! Glas, wohin das Auge reichte. Die ganze hintere Gebäudewand bestand aus Glas!

„Mein Gott! Schaut doch mal! Das ist ja traumhaft!", staunte Heinz und deutete auf den Horizont. Von hier aus hatte man nämlich einen direkten Blick auf das azurblaue Mittelmeer. Außerdem konnte man durch die Glaswand im Garten des Hotels einen großen Swimmingpool erkennen.

„Da springe ich gleich erst mal rein und versuche ein paar Schritte im Wasser!", freute sich Gabrel. Ach ja! Da war ja noch was. Gabrel und ich! Wir konnten ja gar nicht schwimmen! Heinz fiel das bei Gabrels Formulierung „ein paar Schritte" natürlich auch sofort auf.

„Wie, ein paar Schritte?", fragte er nach.

„Ja, wir können nicht schwimmen. Aber ich denke, das Wasser ist nicht so tief, oder?", erklärte er, und anscheinend war ihm die ganze Sache kein bisschen peinlich.

„Ihr könnt nicht schwimmen? Beide nicht? Na das kann ja heiter werden! Aber macht euch da mal keine Sorgen! Das bring' ich euch dann in den zwei Wochen auch noch bei! Wir haben ja Zeit genug!", meinte Heinz zufrieden, „kommt, lasst uns mal nach den Zimmern sehen."

Die beiden Doppelzimmer lagen direkt gegenüber. Es waren Doppelzimmer, da die Reise ja eigentlich für vier Personen gedacht war. Allerdings hatte Heinz das mit dem Radiosender abgeklärt, dass nur drei Personen die Reise antreten würden. Gabrel und ich würden zusammen ein Zimmer beziehen, und wir staunten nicht schlecht, als wir es betraten. Ein riesiges Doppelbett stand so im Zimmer, dass man durch die Glaswand hindurch abends das Meer beobachten konnte! Ein großes Badezimmer mit eingebautem Whirlpool befand sich auf der linken und ein Schreibtisch mit eingebauter Fernsehdrehplatte auf der rechten Seite.

„Wahnsinn! Schau dir das an! Ein Whirlpool!", flippte Gabrel aus, als er unser Badezimmer begutachtete.

„Ja! Und schau doch! Das Bett! Mit Blick auf das Meer dort hinten! Das ist ja wirklich traumhaft!", antwortete ich genau so begeistert!

„Das ist nicht nur traumhaft! Das ist echter Luxus", legte Gabrel noch einen nach.

18

Natürlich ließen wir es uns nicht nehmen, den Luxus auch auszukosten, und so fanden wir uns schon nach einigen Minuten im eigenen Whirlpool wieder, als es an der Tür klopfte. Es konnte ja nur Heinz sein, deshalb rief ich: „Ist offen, komm rein, Heinz!"

„Mensch! Ihr habt ja 'ne Glaswand hier drin! Das gibt's ja nicht!", waren seine ersten Worte. Erst dann bemerkte er uns im sprudelnden Whirlpool.

„Na, ihr seid mir 'n Paar! Ich dachte wir gehen raus ins Swimmingpool!?", grinste Heinz.

„Klar, machen wir! Wir wollten nur mal schnell schauen, wie unser Pool hier funktioniert!", antwortete Gabrel „Geh doch schon mal vor, wir kommen gleich! Außerdem müssen wir vorher noch Badehosen kaufen. Weißt du, wo wir welche herbekommen?"

„Klar. Das Hotel hat unten einen eigenen Laden für solche Sachen, da können wir ja gleich mal vorbeischauen! Kommt dann einfach am Pool vorbei, ihr findet mich schon!", sagte Heinz und verschwand wieder.

„Mein Gott! Ich kann das immer noch nicht begreifen! Eben waren wir noch in einer alten, kleinen Holzhütte mitten in einer Großstadt, und jetzt wohnen wir im schönsten und besten Hotel auf ganz Ibiza!", meinte ich, nachdem ich mich im Swimmingpool zurückgelehnt und meine Augen geschlossen hatte.

„Ja, du hast Recht. Das musst du dir mal vorstellen. Bei so einem Gewinnspiel, da machen tausende von Menschen mit. Und wir gewinnen!", freute sich Gabrel.

„Mhh. Wir hätten aber nicht gewonnen, wenn dieser Jörg etwas klüger gewesen wäre. Stell dir mal vor, der hätte alle Antworten sofort gewusst! Dann hätten wir aber ganz schön alt ausgesehen", sagte ich.

„Ja, das stimmt", stimmte Gabrel mir zu, „eigentlich ist es Heinz, dem wir das jetzt alles zu verdanken haben, denn er hat ja alle Antworten gewusst!"

„Richtig. Vielleicht finden wir ja hier in irgendeinem Laden was Schönes für ihn, was wir von dem Geld, das wir für die Gartengeräte bekommen haben, kaufen können. Da freut er sich bestimmt!", schlug ich vor.

„Das ist eine gute Idee", meinte auch Gabrel.

Nachdem wir aus dem Whirlpool gestiegen waren und uns angezogen hatten, machten wir uns auf den Weg zum Swimmingpool, an dem wir Heinz finden sollten. Der Fahrstuhl brachte uns wieder runter zu Ebene 1. Wir traten durch eine gläserne Tür, die nach draußen, in den großen Garten des Hotels führte.

Das Swimmingpool war sehr groß. Eine Wasserrutsche und ein Sprudelkanal befanden sich auch noch daran. Alle Liegen waren besetzt. Einige vorbeigehenden Leute schauten uns komisch an. Ich weiß nicht, warum. Jedenfalls waren hier Menschen, wohin das Auge reichte. Einige brutzelten in der grellen Sonne dahin, andere suchten nach einer Abkühlung im Pool. Und mittendrin: Heinz. Heinz lag auf einer weißen Liege, hatte sein Handtuch unter sich ausgebreitet und trug eine Sonnebrille.

„Hallo? Heinz!", sprach ich ihn an.

„Ja? Ach, da seid ihr ja", freute er sich „Habt ihr schon nach Badehosen geschaut?"

Richtig. Badehosen. Deshalb starrten uns diese Menschen hier alle so an. Gabrel und ich waren nämlich noch von oben bis unten bekleidet. Wir trugen unsere normalen Jeanshosen, die wir jeden Tag trugen. Lange Hosen! Die ganzen Stunden, die ich nun schon auf der Insel verbrachte, hatte ich keinen einzigen Menschen in langer Hose gesehen! Deshalb beschlossen wir auch gleich, uns eine Badehose zuzulegen, in der man ohne Probleme den ganzen Tag herumlaufen konnte.

Das hoteleigene Geschäft hatte eine riesige Auswahl an Badebekleidung, Badezubehör und Freizeitbekleidung im Angebot, deshalb fanden wir auch schnell Badehosen, die uns gefielen.

„So, insgesamt macht das dann 20 Euro, bitte", rechnete die Verkäuferin vor.

Zügig bezahlten wir mit unserem Geld und liefen in Richtung Aufzug, um uns so schnell wie möglich umzuziehen. Wir konnten es kaum erwarten, endlich ins Swimmingpool zu springen. Bei dieser Hitze war eine Abkühlung wirklich nötig.

Es war so ein tolles Gefühl. Einfach unbeschreiblich. Vor dem Bruchteil einer Sekunde war ich mit meinem gesamten Körper ins Wasser eingetaucht. Eine Lebensform, die ich noch nicht kannte und mit der ich noch nie richtig in Kontakt getreten war, umschloss nun meinen gesamten Körper. Es war so ein erfrischendes Gefühl. Einfach unbeschreiblich. Doch plötzlich realisierte ich, was ich da fühlte. Ich war eben vom Beckenrand ins Wasser gesprungen, ohne vorher darüber nachgedacht zu haben. Schwimmen! Ich konnte ja überhaupt nicht schwimmen! Panik stieg in mir auf, und ich merkte, wie meine Beine anfingen zu strampeln. Vergebens versuchte ich, mich mit meinen Armen paddelnderweise über Wasser zu halten. Was mir aber nur so halb gelang. Sollte dies jetzt schon das Ende unserer Reise und unserer Freiheit sein? Sollte dies das Ende meines Lebens sein? Das konnte doch nicht sein.

Und zum Glück war es auch nicht so, denn plötzlich spürte ich eine Hand, die meinen Oberarm fest umklammerte und mich sicher zurück an die Wasseroberfläche brachte. Jetzt wusste ich genau, wie sich Gabrel gefühlt haben muss, als er ganz hilflos in dem Fluss dahingetrieben war. So etwas war einfach schrecklich. Komplett unter Wasser. Keine Luft. Und man weiß sich nicht zu helfen. Nun waren wir beide in der selben Situation, und wir hatten auch beide Glück. Damals bei Gabrel war es ein Jogger, der ihn gerettet hatte, und bei mir war es Heinz, der seine Augen offengehalten hatte. Er war so wie ich vom Beckenrand gesprungen und hatte mich wieder an den Rand gebracht. Völlig außer Atem klammerte ich mich mit beiden Händen an der Haltestange fest.

„Mensch, was machst du denn um Himmels willen? Du weißt doch genau, dass du ... Naja, atme erst mal tief durch", regte sich Heinz ab, und auch Gabrel sah ziemlich beruhigt aus, als er sah, dass ich mich wieder über Wasser befand.

So etwas sollte ab sofort nie wieder passieren. Und genau aus diesem Grund hatte Heinz beschlossen, uns jeden Tag Schwimmunterricht zu erteilen. Er machte das auch wirklich gut, und obwohl wir meistens den ganzen Tag am Strand oder am Swimmingpool verbrachten, machten wir Tag für Tag Fortschritte. Schon Ende unserer ersten Urlaubswoche konnten Gabrel und ich eine Strecke von etwa 50 Metern ohne Zwischenstopp schwimmen. Heinz war mächtig stolz auf sich, dass er uns das in seinem Alter noch alles beigebracht hatte, und auch wir waren stolz auf uns, nun endlich schwimmen zu können. Jetzt machte es erst richtig Spaß, im Wasser zu toben. Bis in den späten Abend heizte ich mit Gabrel die Wasserrutsche hinunter, bis Heinz zum Abendessen rief:

„Hey Jungs, kommt, das Buffet ist eröffnet!"

Schnell machten wir uns zusammen auf in die große Halle, in der zu jeder Essenszeit ein Buffet aufgebaut war. Man konnte alles nehmen, was man sich vorstellen konnte. Das ging von Pommes, Nudel, Pizza, Putenschnitzel, Knödel über Fisch bis zu einem großen Salatbuffet. Und das Beste war: Man konnte sich immer so viel nehmen, wie man wollte. Gerade Gabrel genoss dies richtig. Normalerweise nahm er sich gleich zwei Wiener Schnitzel mit einer großen Portion Pommes, doch heute hatte er wohl den Salatfeinschmecker in sich entdeckt, und so setzte er sich mit einem großen Salatteller zu uns an den Tisch.

„Mhh, da bin ich ja jetzt mal gespannt, wie das schmeckt!", meinte er und beförderte ein ganzes Radieschen auf einmal in seinen Mund.

Plötzlich stand er auf und begab sich in Richtung Toiletten. War ihm wohl doch etwas zu scharf.

19

So vergingen die Tage. Morgens erst spät aufstehen, dann zum Strand. Wieder zum Hotel, ins Pool. Dann das Buffet genießen, und schließlich abends noch ein wenig durch die Straßen des Ortes bummeln. Die zwei Wochen gingen viel schneller rum, als wir gedacht hatten.

„Ich kann gar nicht daran denken, übermorgen schon wieder in einer alten Holzhütte zu schlafen", sagte Gabrel, als wir alle drei zusammen am Strand in der Sonne lagen.

„Bitte erinnere mich jetzt nicht daran", entgegnete ich.

„Tja Jungs, so ist das eben. Man kann nicht alles haben im Leben. Die einen Menschen können sich den Luxus hier erlauben, und die anderen müssen eben in einer Holzhütte schlafen", grinste Heinz.

„Wie es jetzt weitergehen soll, weiß ich auch noch nicht so recht, denn mit unserem Geld sind wir jetzt langsam aber sicher am Ende", bemerkte Gabrel. Da hatte er wirklich Recht. Wir hatten fast unser gesamtes Geld in diesen drei Wochen ausgegeben. Am Anfang waren es nur die beiden Badehosen. Schnell kamen aber noch eine normale, kurze Hose, ein T-Shirt und eine coole Sonnenbrille für jeden dazu. Soviel Geld ist nun nicht mehr übrig.

„Ach, ich denke wir werden da schon eine effektive Lösung finden", meinte Heinz und grinste in sich hinein, „ihr werdet schon nicht verhungern."

Die letzten Tage in diesem wunderbaren Hotel und auf dieser wunderbaren Insel rasten förmlich an uns vorbei, und so kam es, dass uns mitgeteilt wurde, dass wir mitten in der Nacht aufstehen mussten, weil wir dann wieder mit einem Reisebus zum Flughafen gebracht werden sollten.

„Schon wieder mitten in der Nacht", regte sich Gabrel auf, und inzwischen musste auch ich feststellen, dass ich zu einem richtigen Langschläfer geworden war. Jeden Tag, den wir hier verbracht hatten, lag ich bis mindestens elf Uhr im Bett. Das Frühstück hatten wir fast jeden Tag verpasst, aber es war auch nicht mehr nötig gewesen, denn als wir aufstanden, stand bereits das Mittagessen an.

Nachts um zwei Uhr klingelte der Wecker, und wir begaben uns mit all unseren Sachen in Richtung Parkplatz. Zum letzten Mal fuhren wir den Aufzug hinunter. Zum letzten Mal schauten wir durch die Glaswand auf das hellbeleuchtete Hotelgelände, und zum letzten Mal liefen wir durch den offenen Eingangsbereich. Es hatte sich, auch in der Nacht, kaum abgekühlt. Wir konnten viele bekannte Gesichter ausmachen, die auch schon auf der Hinfahrt mit uns im Bus gesessen hatten. All diese Leute hatten jetzt auch ihre zwei Wochen Urlaub hinter sich und mussten wieder zurück in den Alltag. Genauso ging es auch uns. Ein wenig traurig waren wir schon, dass wir dieses Paradies verlassen mussten und wahrscheinlich nie wieder hier herkommen würden. Unsere Laune steigerte sich aber plötzlich drastisch, als Heinz uns im Flugzeug verriet, dass er in den Tagen, bevor wir abgereist waren, zwei Zimmer auf dem Dachboden seines Hauses für uns hergerichtet hatte und wir diese sofort nach unserer Ankunft beziehen könnten. Das fanden wir natürlich total super von Heinz und überreichten ihm im Gegenzug einen typisch spanischen Hut, den wir auf Ibiza für ihn besorgt hatten. Heinz freute sich tierisch darüber, und er umarmte uns beide im Flugzeug Richtung Deutschland.

Wieder war es ein wunderschöner Flug. Wieder war ich voller Erwartungen. Während des Hinfluges hatte ich mir etliche Gedanken darüber gemacht, wie wohl das Hotel ist, oder wie wohl die Landschaft auf Ibiza aussieht.

Doch jetzt huschten ganz andere Gedanken durch meinen Kopf. Heinz hatte bei sich zu Hause zwei Zimmer hergerichtet, die ich und Gabrel sofort beziehen konnten, wenn wir gelandet waren. Ich konnte es kaum erwarten, wieder in einem eigenen Bett zu schlafen und nicht auf einer einfachen Matratze. An ein Bett hatte ich mich nämlich innerhalb dieser zwei Wochen Urlaub schon richtig gewöhnt. Die Betten im Hotel waren nämlich wunderbar weich und angenehm gewesen. Fast so, wie bei mir zu Hause. In der Holzhütte hingegen lag ich immer auf der Matratze, die auf dem harten Holzboden auch nicht mehr so weich war.

Plötzlich, mit einem Mal, spürte ich auch wieder eine relativ weiche Matratze unter mir. Nein. Das konnte doch nicht wahr sein. Sollte dies jetzt alles nur ein wunderschöner Traum gewesen sein? Anscheinend war es so, denn auf einmal stand meine Mutter in der Tür und schrie mich wie jeden Morgen an:

„Mach das du rüber kommst!"